VICTOR HUGO

LES

MISÉRABLES

CINQUIÈME PARTIE

JEAN VALJEAN

II

PARIS

PAGNERRE, LIBRAIRE-EDITEUR

18 RUE DE SEINE 18

M DCCC LXII

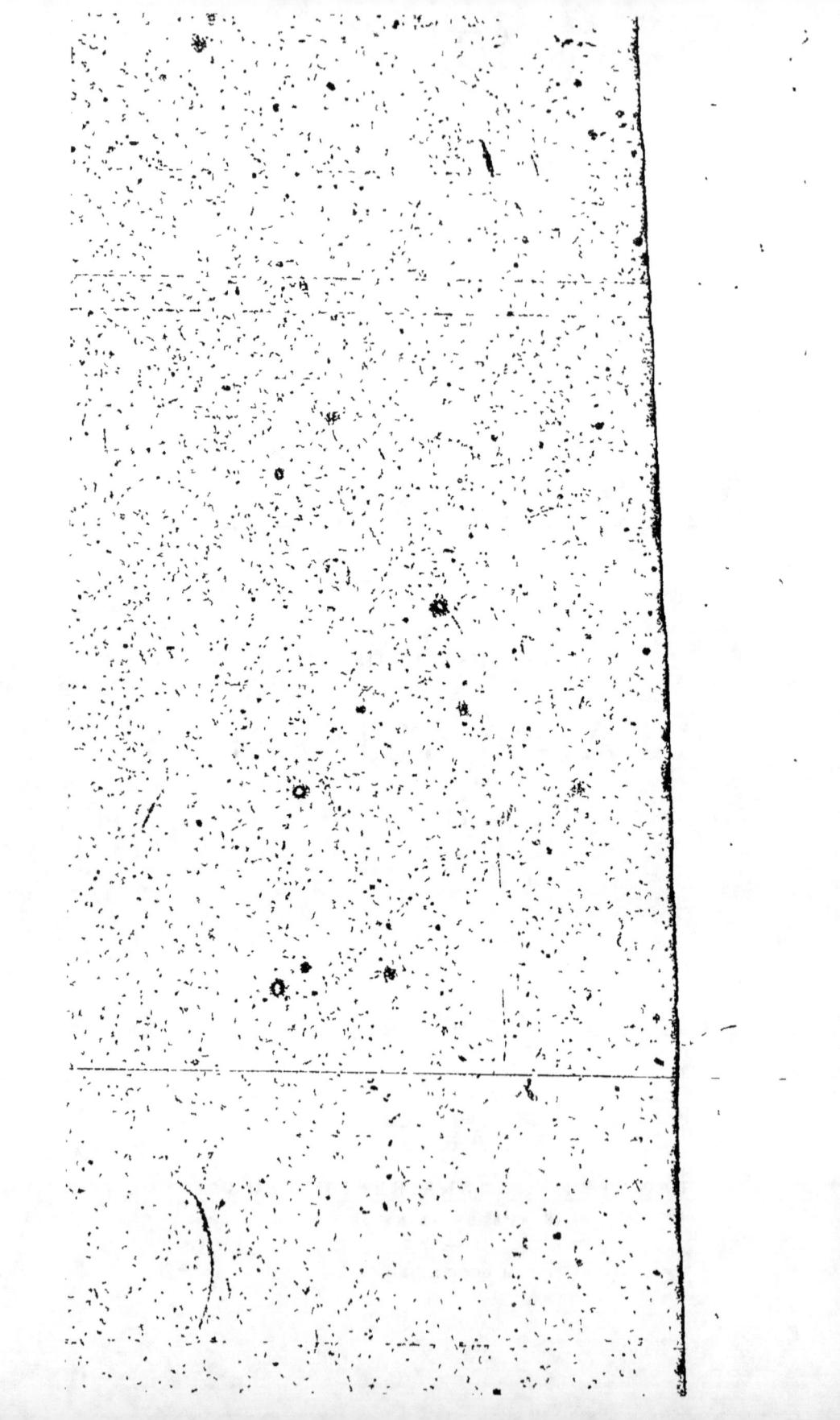

LES

MISÉRABLES

TOME DIXIÉME

ÉDITEURS

A. LACROIX, VERBOECKHOVEN ET Cᵉ

A BRUXELLES

PARIS. — IMPRIMERIE DE J. CLAYE, RUE SAINT-BENOIT, 7

VICTOR HUGO

LES

MISÉRABLES

CINQUIÈME PARTIE

JEAN VALJEAN

II

PARIS

PAGNERRE, LIBRAIRE-ÉDITEUR

18 RUE DE SEINE 18

M DCCC LXII

LIVRE CINQUIÈME

LE PETIT-FILS ET LE GRAND-PÈRE

I

OU L'ON REVOIT L'ARBRE A L'EMPLATRE DE ZINC

Quelque temps après les événements que nous venons de raconter, le sieur Boulatruelle eut une émotion vive.

Le sieur Boulatruelle est ce cantonnier de Montfermeil qu'on a déjà entrevu dans les parties ténébreuses de ce livre.

Boulatruelle, on s'en souvient peut-être, était

un homme occupé de choses troubles et diverses.
Il cassait des pierres et endommageait des voya-
geurs sur la grande route. Terrassier et voleur, il
avait un rêve ; il croyait aux trésors enfouis dans
la forêt de Montfermeil. Il espérait quelque jour
trouver de l'argent dans la terre au pied d'un
arbre ; en attendant, il en cherchait volontiers
dans les poches des passants.

Néanmoins, pour l'instant, il était prudent. Il
venait de l'échapper belle. Il avait été, on le sait,
ramassé dans le galetas Jondrette avec les autres
bandits. Utilité d'un vice : son ivrognerie l'avait
sauvé. On n'avait jamais pu éclaircir s'il était là
comme voleur ou comme volé. Une ordonnance de
non-lieu, fondée sur son état d'ivresse bien con-
staté dans la soirée du guet-apens, l'avait mis en
liberté. Il avait repris la clef des bois. Il était revenu à son chemin de Gagny à Lagny faire, sous
la surveillance administrative, de l'empierrement
pour le compte de l'État, la mine basse, fort pensif, un peu refroidi pour le vol, qui avait failli
le perdre, mais ne se tournant qu'avec plus
d'attendrissement vers le vin, qui venait de le
sauver.

Quant à l'émotion vive qu'il eut peu de temps après sa rentrée sous le toit de gazon de sa hutte de cantonnier, la voici :

Un matin, Boulatruelle, en se rendant comme d'habitude à son travail, et à son affût peut-être, un peu avant le point du jour, aperçut parmi les branches un homme dont il ne vit que le dos, mais dont l'encolure, à ce qu'il lui sembla, à travers la distance et le crépuscule, ne lui était pas tout à fait inconnue. Boulatruelle, quoique ivrogne, avait une mémoire correcte et lucide, arme défensive indispensable à quiconque est un peu en lutte avec l'ordre légal.

— Où diable ai-je vu quelque chose comme cet homme-là? se demanda-t-il.

Mais il ne put rien se répondre, sinon que cela ressemblait à quelqu'un dont il avait confusément la trace dans l'esprit.

Boulatruelle, du reste, en dehors de l'identité qu'il ne réussissait point à ressaisir, fit des rapprochements et des calculs. Cet homme n'était pas du pays. Il y arrivait. A pied, évidemment. Aucune voiture publique ne passe à ces heures-là à Montfermeil. Il avait marché toute la nuit. D'où

venait-il? de pas loin. Car il n'avait ni havre-sac,
ni paquet. De Paris sans doute. Pourquoi était-il
dans ce bois? pourquoi y était-il à pareille heure?
qu'y venait-il faire?

Boulatruelle songea au trésor. A force de creuser
dans sa mémoire, il se rappela vaguement avoir eu
déjà, plusieurs années auparavant, une semblable
alerte au sujet d'un homme qui lui faisait bien
l'effet de pouvoir être cet homme-là.

Tout en méditant, il avait, sous le poids même
de sa méditation, baissé la tête, chose naturelle
mais peu habile. Quand il la releva, il n'y avait
plus rien. L'homme s'était effacé dans la forêt et
dans le crépuscule.

— Par le diantre, dit Boulatruelle, je le retrou-
verai. Je découvrirai la paroisse de ce paroissien-là.
Ce promeneur de Patron-Minette a un pourquoi, je
le saurai. On n'a pas de secret dans mon bois sans
que je m'en mêle.

Il prit sa pioche qui était fort aiguë.

— Voilà, grommela-t-il, de quoi fouiller la terre
et un homme.

Et, comme on rattache un fil à un autre fil, em-
boîtant le pas de son mieux dans l'itinéraire que

l'homme avait dû suivre, il se mit en marche à travers le taillis.

Quand il eut fait une centaine d'enjambées, le jour, qui commençait à se lever, l'aida. Des semelles empreintes sur le sable, çà et là, des herbes foulées, des bruyères écrasées, de jeunes branches pliées dans les broussailles et se redressant avec une gracieuse lenteur comme les bras d'une jolie femme qui s'étire en se réveillant, lui indiquèrent une sorte de piste. Il la suivit, puis il la perdit. Le temps s'écoulait. Il entra plus avant dans le bois et parvint sur une espèce d'éminence. Un chasseur matinal qui passait au loin dans un sentier en sifflant l'air de Guillery lui donna l'idée de grimper sur un arbre. Quoique vieux, il était agile. Il y avait là un hêtre de grande taille, digne de Tityre et de Boulatruelle. Boulatruelle monta sur le hêtre, le plus haut qu'il put.

L'idée était bonne. En explorant la solitude du côté où le bois est tout à fait enchevêtré et farouche, Boulatruelle aperçut tout à coup l'homme.

A peine l'eut-il aperçu qu'il le perdit de vue.

L'homme entra, ou plutôt se glissa, dans une clairière assez éloignée, masquée par de grands arbres, mais que Boulatruelle connaissait très-bien, pour y avoir remarqué, près d'un gros tas de pierres meulières, un châtaignier malade pansé avec une plaque de zinc clouée à même sur l'écorce. Cette clairière est celle qu'on appelait autrefois le fonds Blaru. Le tas de pierres, destiné à on ne sait quel emploi, qu'on y voyait il y a trente ans, y est sans doute encore. Rien n'égale la longévité d'un tas de pierres, si ce n'est celle d'une palissade en planches. C'est là provisoirement. Quelle raison pour durer !

Boulatruelle, avec la rapidité de la joie, se laissa tomber de l'arbre plutôt qu'il n'en descendit. Le gîte était trouvé, il s'agissait de saisir la bête. Ce fameux trésor rêvé était probablement là.

Ce n'était pas une petite affaire d'arriver à cette clairière. Par les sentiers battus, qui font mille zigzags taquinants, il fallait un bon quart d'heure. En ligne droite, par le fourré, qui est là singulièrement épais, très-épineux et très-agressif, il fallait une grande demi-heure. C'est ce que Boulatruelle eut le tort de ne point comprendre. Il crut à la ligne droite; illusion d'optique respectable, mais qui perd beaucoup d'hommes.

Le fourré, si hérissé qu'il fût, lui parut le bon chemin.

— Prenons par la rue de Rivoli des loups, dit-il.

Boulatruelle, accoutumé à aller de travers, fit cette fois la faute d'aller droit.

Il se jeta résolûment dans la mêlée des broussailles.

Il eut affaire à des houx, à des orties, à des aubépines, à des églantiers, à des chardons, à des ronces fort irascibles. Il fut très-égratigné.

Au bas du ravin, il trouva de l'eau qu'il fallut traverser.

Il arriva enfin à la clairière Blaru, au bout de quarante minutes, suant, mouillé, essoufflé, griffé, féroce.

Personne dans la clairière.

Boulatruelle courut au tas de pierres. Il était à sa place. On ne l'avait pas emporté.

Quant à l'homme, il s'était évanoui dans la forêt. Il s'était évadé. Où? de quel côté? dans quel fourré? Impossible de le deviner.

Et, chose poignante, il y avait derrière le tas de pierres, devant l'arbre à la plaque de zinc, de la

terre toute fraîche remuée, une pioche oubliée ou
abandonnée, et un trou.

Ce trou était vide.

— Voleur! cria Boulatruelle en montrant les
deux poings à l'horizon.

II

MARIUS, EN SORTANT DE LA GUERRE CIVILE,

S'APPRÊTE A LA GUERRE DOMESTIQUE

Marius fut longtemps ni mort ni vivant. Il eut durant plusieurs semaines une fièvre accompagnée de délire, et d'assez graves symptômes cérébraux causés plutôt encore par les commotions des blessures à la tête que par les blessures elles-mêmes.

Il répéta le nom de Cosette pendant des nuits entières dans la loquacité lugubre de la fièvre et

avec la sombre opiniâtreté de l'agonie. La largeur
de certaines lésions fut un sérieux danger, la sup-
puration des plaies larges pouvant toujours se ré-
sorber, et par conséquent tuer le malade, sous de
certaines influences atmosphériques ; à chaque
changement de temps, au moindre orage, le médecin était inquiet. — Surtout que le blessé n'ait
aucune émotion, répétait-il. Les pansements étaient
compliqués et difficiles, la fixation des appareils
et des linges par le sparadrap n'ayant pas encore
été imaginée à cette époque. Nicolette dépensa
en charpie un drap de lit « grand comme un plafond, » disait-elle. Ce ne fut pas sans peine que
les lotions chlorurées et le nitrate d'argent vinrent
à bout de la gangrène. Tant qu'il y eut péril,
M. Gillenormand, éperdu au chevet de son petit-
fils, fut comme Marius ni mort ni vivant.

Tous les jours, et quelquefois deux fois par
jour, un monsieur en cheveux blancs fort bien mis,
tel était le signalement donné par le portier, venait
savoir des nouvelles du blessé, et déposait pour
les pansements un gros paquet de charpie.

Enfin, le 7 septembre, quatre mois, jour pour
jour, après la douloureuse nuit où on l'avait rap-

porté mourant chez son grand-père, le médecin
déclara qu'il répondait de lui. La convalescence
s'ébaucha. Marius dut pourtant rester encore plus
de deux mois étendu sur une chaise longue, à cause
des accidents produits par la fracture de la clavicule. Il y a toujours comme cela une dernière plaie
qui ne veut pas se fermer et qui éternise les pansements, au grand ennui du malade.

Du reste, cette longue maladie et cette longue
convalescence le sauvèrent des poursuites. En
France, il n'y a pas de colère, même publique,
que six mois n'éteignent. Les émeutes, dans l'état
où est la société, sont tellement la faute de tout le
monde qu'elles sont suivies d'un certain besoin de
fermer les yeux.

Ajoutons que l'inqualifiable ordonnance Gis-
quet, qui enjoignait aux médecins de dénoncer les
blessés, ayant indigné l'opinion, et non-seulement
l'opinion, mais le roi tout le premier, les blessés
furent couverts et protégés par cette indignation ;
et, à l'exception de ceux qui avaient été faits pri-
sonniers dans le combat flagrant, les conseils de
guerre n'osèrent en inquiéter aucun. On laissa donc
Marius tranquille.

M. Gillenormand traversa toutes les angoisses
d'abord, et ensuite toutes les extases. On eut beaucoup de peine à l'empêcher de passer toutes les
nuits près du blessé; il fit apporter son grand
fauteuil à côté du lit de Marius; il exigea que
sa fille prît le plus beau linge de la maison pour
en faire des compresses et des bandes. Mademoiselle Gillenormand, en personne sage et
aînée, trouva moyen d'épargner le beau linge,
tout en laissant croire à l'aïeul qu'il était obéi.
M. Gillenormand ne permit pas qu'on lui expli-
quât que pour faire de la charpie la batiste ne vaut
pas la grosse toile, ni la toile neuve la toile usée.
Il assistait à tous les pansements dont mademoiselle Gillenormand s'absentait pudiquement. Quand
on coupait les chairs mortes avec des ciseaux, il
disait : aïe! aïe! Rien n'était touchant comme de
le voir tendre au blessé une tasse de tisane avec
son doux tremblement sénile. Il accablait le médecin de questions. Il ne s'apercevait pas qu'il recommençait toujours les mêmes.

Le jour où le médecin lui annonça que Marius
était hors de danger, le bonhomme fut en délire.
Il donna trois louis de gratification à son portier.

Le soir, en rentrant dans sa chambre, il dansa
une gavotte, en faisant des castagnettes avec son
pouce et son index, et il chanta une chanson que
voici :

> Jeanne est née à Fougère,
> Vrai nid d'une bergère;
> J adore son jupon
> Fripon.

> Amour, tu vis en elle;
> Car c'est dans sa prunelle
> Que tu mets ton carquois,
> Narquois!

> Moi, je la chante, et j'aime,
> Plus que Diane même,
> Jeanne et ses durs tetons
> Bretons.

Puis il se mit à genoux sur une chaise, et
Basque, qui l'observait par la porte entr'ouverte,
crut être sûr qu'il priait.

Jusque-là, il n'avait guère cru en Dieu.

A chaque nouvelle phase du mieux, qui allait
se dessinant de plus en plus, l'aïeul extravaguait.
Il faisait un tas d'actions machinales pleines d'al-

légresse; il montait et descendait les escaliers sans
savoir pourquoi. Une voisine, jolie du reste, fut
toute stupéfaite de recevoir un matin un gros bouquet; c'était M. Gillenormand qui le lui envoyait.
Le mari fit une scène de jalousie. M. Gillenormand
essayait de prendre Nicolette sur ses genoux. Il
appelait Marius monsieur le baron. Il criait Vive
la république!

A chaque instant, il demandait au médecin :
N'est-ce pas qu'il n'y a plus de danger? Il regardait Marius avec des yeux de grand'mère. Il le
couvait quand il mangeait. Il ne se connaissait plus,
il ne se comptait plus, Marius était le maître de la
maison, il y avait de l'abdication dans sa joie, il
était le petit-fils de son petit-fils.

Dans cette allégresse où il était, c'était le plus
vénérable des enfants. De peur de fatiguer ou
d'importuner le convalescent, il se mettait derrière
lui pour lui sourire. Il était content, joyeux, ravi,
charmant, jeune. Ses cheveux blancs ajoutaient une
majesté douce à la lumière gaie qu'il avait sur le
visage. Quand la grâce se mêle aux rides, elle est
adorable. Il y a on ne sait quelle aurore dans de
la vieillesse épanouie.

Quant à Marius, tout en se laissant panser et soigner, il avait une idée fixe : Cosette.

Depuis que la fièvre et le délire l'avaient quitté, il ne prononçait plus ce nom, et l'on aurait pu croire qu'il n'y songeait plus. Il se taisait, précisément parce que son âme était là.

Il ne savait ce que Cosette était devenue ; toute l'affaire de la rue de la Chanvrerie était comme un nuage dans son souvenir ; des ombres presque indistinctes flottaient dans son esprit, Éponine, Gavroche, Mabeuf, les Thénardier, tous ses amis lugubrement mêlés à la fumée de la barricade ; l'étrange passage de M. Fauchelevent dans cette aventure sanglante lui faisait l'effet d'une énigme dans une tempête ; il ne comprenait rien à sa propre vie, il ne savait comment ni par qui il avait été sauvé, et personne ne le savait autour de lui ; tout ce qu'on avait pu lui dire, c'est qu'il avait été rapporté la nuit dans un fiacre rue des Filles-du-Calvaire ; passé, présent, avenir, tout n'était plus en lui que le brouillard d'une idée vague ; mais il y avait dans cette brume un point immobile, un linéament net et précis, quelque chose qui était en granit, une résolution, une volonté : retrouver Cosette.

Pour lui, l'idée de la vie n'était pas distincte de l'idée de Cosette, il avait décrété dans son cœur qu'il n'accepterait pas l'une sans l'autre, et il était inébranlablement décidé à exiger de n'importe qui voudrait le forcer à vivre, de son grand-père, du sort, de l'enfer, la restitution de son éden disparu.

Les obstacles, il ne se les dissimulait pas.

Soulignons ici un détail : il n'était point gagné et était peu attendri par toutes les sollicitudes et toutes les tendresses de son grand-père. D'abord il n'était pas dans le secret de toutes ; ensuite, dans ses rêveries de malade, encore fiévreuses peut-être, il se défiait de ces douceurs-là comme d'une chose étrange et nouvelle ayant pour but de le dompter. Il y restait froid. Le grand-père dépensait en pure perte son pauvre vieux sourire. Marius se disait que c'était bon tant que lui Marius ne parlait pas et se laissait faire ; mais que, lorsqu'il s'agirait de Cosette, il trouverait un autre visage, et que la véritable attitude de l'aïeul se démasquerait. Alors ce serait rude ; recrudescence des questions de famille, confrontation des positions, tous les sarcasmes et toutes les objections à la fois, Fauchelevent, Cou-

pelevent, la fortune, la pauvreté, la misère, la
pierre au cou, l'avenir. Résistance violente; con-
clusion : refus. Marius se roidissait d'avance.

Et puis, à mesure qu'il reprenait vie, ses anciens
griefs reparaissaient, les vieux ulcères de sa mémoire se rouvraient, il resongeait au passé, le colonel Pontmercy se replaçait entre M. Gillenormand
et lui Marius, il se disait qu'il n'avait aucune vraie
bonté à espérer de qui avait été si injuste et si dur
pour son père. Et avec la santé, il lui revenait une
sorte d'âpreté contre son aïeul. Le vieillard en souffrait doucement.

M. Gillenormand, sans en rien témoigner d'ailleurs, remarquait que Marius, depuis qu'il avait été
rapporté chez lui et qu'il avait repris connaissance,
ne lui avait pas dit une seule fois mon père. Il ne
disait point monsieur, cela est vrai ; mais il trouvait moyen de ne dire ni l'un ni l'autre, par une
certaine manière de tourner ses phrases.

Une crise approchait évidemment.

Comme il arrive presque toujours en pareil cas,
Marius, pour s'essayer, escarmoucha avant de livrer
bataille. Cela s'appelle tâter le terrain. Un matin
il advint que M. Gillenormand, à propos d'un jour-

nal qui lui était tombé sous la main, parla légère-
ment de la Convention et lâcha un épiphonème
royaliste sur Danton, Saint-Just et Robespierre. —
Les hommes de 93 étaient des géants, dit Marius
avec sévérité. Le vieillard se tut, et ne souffla point
du reste de la journée.

Marius, qui avait toujours présent à l'esprit
l'inflexible grand-père de ses premières années,
vit dans ce silence une profonde concentration de
colère, en augura une lutte acharnée, et augmenta
dans les arrière-recoins de sa pensée ses préparatifs
de combat.

Il arrêta qu'en cas de refus il arracherait ses
appareils, disloquerait sa clavicule, mettrait à nu
et à vif ce qu'il lui restait de plaies et repousserait
toute nourriture. Ses plaies, c'étaient ses munitions.
Avoir Cosette ou mourir.

Il attendit le moment favorable avec la patience
sournoise des malades.

Ce moment arriva.

III

MARIUS ATTAQUE

Un jour, M. Gillenormand, tandis que sa fille mettait en ordre les fioles et les tasses sur le marbre de la commode, était penché sur Marius et lui disait de son accent le plus tendre :

— Vois-tu, mon petit Marius, à ta place je mangerais maintenant plutôt de la viande que du poisson. Une sole frite, cela est excellent pour commencer une convalescence, mais, pour mettre le malade debout, il faut une bonne côtelette.

Marius, dont presque toutes les forces étaient revenues, les rassembla, se dressa sur son séant, appuya ses deux poings crispés sur les draps de son lit, regarda son grand-père en face, prit un air terrible, et dit :

— Ceci m'amène à vous dire une chose.

— Laquelle ?

— C'est que je veux me marier.

— Prévu, dit le grand-père. Et il éclata de rire.

— Comment prévu ?

— Oui, prévu. Tu l'auras, ta fillette.

Marius, stupéfait et accablé par l'éblouissement, trembla de tous ses membres.

M. Gillenormand continua :

— Oui, tu l'auras, ta belle jolie petite fille. Elle vient tous les jours sous la forme d'un vieux monsieur savoir de tes nouvelles. Depuis que tu es blessé, elle passe son temps à pleurer et à faire de la charpie. Je me suis informé. Elle demeure rue de l'Homme-Armé, numéro sept. Ah, nous y voilà ! Ah ! tu la veux. Eh bien, tu l'auras. Ça t'attrape. Tu avais fait ton petit complot, tu t'étais dit : — Je vais lui signifier cela carrément à ce

grand-père, à cette momie de la Régence et du
Directoire, à cet ancien beau, à ce Dorante devenu
Géronte ; il a eu ses légèretés aussi, lui, et ses
amourettes, et ses grisettes, et ses Cosettes ; il a
fait son frou-frou, il a eu ses ailes, il a mangé du
pain du printemps ; il faudra bien qu'il s'en sou-
vienne. Nous allons voir. Bataille. Ah ! tu prends
le hanneton par les cornes. C'est bon. Je t'offre une
côtelette, et tu me réponds : A propos, je veux me
marier. C'est ça qui est une transition ! Ah ! tu
avais compté sur de la bisbille ! Tu ne savais pas
que j'étais un vieux lâche. Qu'est-ce que tu dis de
ça ? Tu bisques. Trouver ton grand-père encore
plus bête que toi, tu ne t'y attendais pas, tu perds
le discours que tu devais me faire, monsieur l'avocat, c'est taquinant. Eh bien, tant pis, rage. Je fais
ce que tu veux, ça te la coupe, imbécile ! Écoute. J'ai
pris des renseignements, moi aussi je suis sournois ;
elle est charmante, elle est sage, le lancier n'est pas
vrai, elle a fait des tas de charpie, c'est un bijou,
elle t'adore ; si tu étais mort, nous aurions été
trois ; sa bière aurait accompagné la mienne. J'a-
vais bien eu l'idée, dès que tu as été mieux,
de te la camper tout bonnement à ton chevet, mais

il n'y a que dans les romans qu'on introduit tout
de go les jeunes filles près du lit des jolis blessés
qui les intéressent. Ça ne se fait pas. Qu'aurait dit
la tante? Tu étais tout nu les trois quarts du temps,
mon bonhomme. Demande à Nicolette, qui ne t'a
pas quitté une minute, s'il y avait moyen qu'une
femme fût là. Et puis qu'aurait dit le médecin? Ça
ne guérit pas la fièvre, une jolie fille. Enfin, c'est
bon, n'en parlons plus, c'est dit, c'est fait, c'est
bâclé, prends-la. Telle est ma férocité. Vois-tu,
j'ai vu que tu ne m'aimais pas, j'ai dit : Qu'est-ce
que je pourrais donc faire pour que cet animal-là
m'aime? J'ai dit : Tiens, j'ai ma petite Cosette
sous la main, je vais la lui donner, il faudra bien
qu'il m'aime alors un peu, ou qu'il dise pourquoi.
Ah! tu croyais que le vieux allait tempêter, faire
la grosse voix, crier non, et lever la canne sur
toute cette aurore. Pas du tout. Cosette, soit;
amour, soit; je ne demande pas mieux. Monsieur,
prenez la peine de vous marier. Sois heureux,
mon enfant bien-aimé.

Cela dit, le vieillard éclata en sanglots.

Et il prit la tête de Marius, et il la serra dans ses
deux bras contre sa vieille poitrine, et tous deux

se mirent à pleurer. C'est là une des formes du bonheur suprême.

— Mon père! s'écria Marius.

— Ah! tu m'aimes donc! dit le vieillard.

Il y eut un moment ineffable. Ils étouffaient et ne pouvaient parler.

Enfin le vieillard bégaya :

— Allons! le voilà débouché. Il m'a dit : Mon père.

Marius dégagea sa tête des bras de l'aïeul, et dit doucement :

— Mais, mon père, à présent que je me porte bien, il me semble que je pourrais la voir.

— Prévu encore, tu la verras demain.

— Mon père!

— Quoi?

— Pourquoi pas aujourd'hui?

— Eh bien, aujourd'hui. Va pour aujourd'hui. Tu m'as dit trois fois « mon père, » ça vaut bien ça. Je vais m'en occuper. On te l'amènera. Prévu, te dis-je. Ceci a déjà été mis en vers. C'est le dénoûment de l'élégie du *Jeune malade* d'André Chénier, d'André Chénier qui a été égorgé par les scélér... — par les géants de 93.

M. Gillenormand crut apercevoir un léger fron-
cement du sourcil de Marius, qui, en vérité, nous
devons le dire, ne l'écoutait plus, envolé qu'il était
dans l'extase, et pensant beaucoup plus à Cosette
qu'à 1793. Le grand-père, tremblant d'avoir introduit si mal à propos André Chénier, reprit pré-
cipitamment :

— Égorgé n'est pas le mot. Le fait est que les
grands génies révolutionnaires, qui n'étaient pas
méchants, cela est incontestable, qui étaient des
héros, pardi! trouvaient qu'André Chénier les
gênait un peu, et qu'ils l'ont fait guillot... — C'est-
à-dire que ces grands hommes, le sept thermidor,
dans l'intérêt du salut public, ont prié André Chénier de vouloir bien aller...

M. Gillenormand, pris à la gorge par sa propre
phrase, ne put continuer; ne pouvant ni la terminer, ni la rétracter, pendant que sa fille arrangeait derrière Marius l'oreiller, bouleversé de tant
d'émotions, le vieillard se jeta, avec autant de
vitesse que son âge le lui permit, hors de la
chambre à coucher, en repoussa la porte derrière
lui, et, pourpre, étranglant, écumant, les yeux
hors de la tête, se trouva nez à nez avec l'honnête

Basque qui cirait les bottes dans l'antichambre. Il saisit Basque au collet et lui cria en plein visage avec fureur : — Par les cent mille Javottes du diable, ces brigands l'ont assassiné !

— Qui, monsieur ?

— André Chénier !

— Oui, monsieur, dit Basque épouvanté.

IV

MADEMOISELLE GILLENORMAND
FINIT PAR NE PLUS TROUVER MAUVAIS QUE
M. FAUCHELEVENT SOIT ENTRÉ
AVEC QUELQUE CHOSE SOUS LE BRAS

Cosette et Marius se revirent.

Ce que fut l'entrevue, nous renonçons à le dire. Il y a des choses qu'il ne faut pas essayer de peindre; le soleil est du nombre.

Toute la famille, y compris Basque et Nicolette, était réunie dans la chambre de Marius au moment où Cosette entra.

Elle apparut sur le seuil ; il semblait qu'elle était dans un nimbe.

Précisément à cet instant-là, le grand-père allait se moucher ; il resta court, tenant son nez dans son mouchoir, et regardant Cosette par-dessus :

— Adorable ! s'écria-t-il.

Puis il se moucha bruyamment.

Cosette était enivrée, ravie, effrayée, au ciel. Elle était aussi effarouchée qu'on peut l'être par le bonheur. Elle balbutiait, toute pâle, toute rouge, voulant se jeter dans les bras de Marius, et n'osant pas. Honteuse d'aimer devant tout ce monde. On est sans pitié pour les amants heureux ; on reste là quand ils auraient le plus envie d'être seuls. Ils n'ont pourtant pas du tout besoin des gens.

Avec Cosette et derrière elle, était entré un homme en cheveux blancs, grave, souriant néanmoins, mais d'un vague et poignant sourire. C'était « monsieur Fauchelevent ; » c'était Jean Valjean.

Il était *très-bien mis,* comme avait dit le portier, entièrement vêtu de noir et de neuf et en cravate blanche.

Le portier était à mille lieues de reconnaître
dans ce bourgeois correct, dans ce notaire probable, l'effrayant porteur de cadavres qui avait
surgi à sa porte dans la nuit du 7 juin, déguenillé, fangeux, hideux, hagard, la face masquée de
sang et de boue, soutenant sous les bras Marius
évanoui; cependant son flair de portier était éveillé.
Quand M. Fauchelevent était arrivé avec Cosette,
le portier n'avait pu s'empêcher de confier à sa
femme cet aparté : Je ne sais pourquoi je me figure
toujours que j'ai déjà vu ce visage-là.

M. Fauchelevent, dans la chambre de Marius,
restait comme à l'écart près de la porte. Il avait
sous le bras un paquet assez semblable à un volume in-octavo, enveloppé dans du papier. Le
papier de l'enveloppe était verdâtre et semblait
moisi.

— Est-ce que ce monsieur a toujours comme
cela des livres sous le bras? demanda à voix basse
à Nicolette mademoiselle Gillenormand qui n'aimait point les livres.

— Eh bien, répondit du même ton M. Gillenormand qui l'avait entendue, c'est un savant. Après?
est-ce sa faute? Monsieur Boulard, que j'ai connu,

ne marchait jamais sans un livre, lui non plus, et avait toujours comme cela un bouquin contre son cœur.

Et, saluant, il dit à haute voix :

— Monsieur Tranchelevent...

Le père Gillenormand ne le fit pas exprès, mais l'inattention aux noms propres était chez lui une manière aristocratique.

— Monsieur Tranchelevent, j'ai l'honneur de vous demander pour mon petit-fils, monsieur le baron Marius Pontmercy, la main de mademoiselle.

« Monsieur Tranchelevent » s'inclina.

— C'est dit, fit l'aïeul.

Et, se tournant vers Marius et Cosette, les deux bras étendus et bénissant, il cria :

— Permission de vous adorer.

Ils ne se le firent pas dire deux fois. Tant pis ! le gazouillement commença. Ils se parlaient bas, Marius accoudé sur sa chaise longue, Cosette debout près de lui. — O mon Dieu ! murmurait Cosette, je vous revois ! C'est toi ! c'est vous ! Être allé se battre comme cela ! Mais pourquoi ? C'est horrible. Pendant quatre mois, j'ai été morte. Oh ! que c'est méchant d'avoir été à cette bataille ! Qu'est-ce

que je vous avais fait? Je vous pardonne, mais vous
ne le ferez plus. Tout à l'heure, quand on est venu
nous dire de venir, j'ai encore cru que j'allais mourir, mais c'était de joie. J'étais si triste! Je n'ai
pas pris le temps de m'habiller, je dois faire peur.
Qu'est-ce que vos parents diront de me voir une
collerette toute chiffonnée? Mais parlez donc! Vous
me laissez parler toute seule. Nous sommes toujours rue de l'Homme-Armé. Il paraît que votre
épaule, c'était terrible. On m'a dit qu'on pouvait
mettre le poing dedans. Et puis il paraît qu'on a
coupé les chairs avec des ciseaux. C'est ça qui est
affreux. J'ai pleuré, je n'ai plus d'yeux. C'est drôle
qu'on puisse souffrir comme cela. Votre grand-père
a l'air très-bon! Ne vous dérangez pas, ne vous
mettez pas sur le coude, prenez garde, vous allez
vous faire du mal. Oh! comme je suis heureuse!
C'est donc fini, le malheur! Je suis toute sotte. Je
voulais vous dire des choses que je ne sais plus du
tout. M'aimez-vous toujours? Nous demeurons rue
de l'Homme-Armé. Il n'y a pas de jardin. J'ai fait
de la charpie tout le temps; tenez, monsieur, regardez, c'est votre faute, j'ai un durillon aux doigts.
— Ange! disait Marius.

Ange est le seul mot de la langue qui ne puisse s'user. Aucun autre mot ne résisterait à l'emploi impitoyable qu'en font les amoureux.

Puis, comme il y avait des assistants, ils s'interrompirent et ne dirent plus un mot, se bornant à se toucher tout doucement la main.

M. Gillenormand se tourna vers tous ceux qui étaient dans la chambre et cria :

— Parlez donc haut, vous autres. Faites du bruit, la cantonade. Allons, un peu de brouhaha, que diable! que ces enfants puissent jaser à leur aise.

Et, s'approchant de Marius et de Cosette, il leur dit tout bas :

— Tutoyez-vous. Ne vous gênez pas.

La tante Gillenormand assistait avec stupeur à cette irruption de lumière dans son intérieur vieillot. Cette stupeur n'avait rien d'agressif; ce n'était pas le moins du monde le regard scandalisé et envieux d'une chouette à deux ramiers; c'était l'œil bête d'une pauvre innocente de cinquante-sept ans; c'était la vie manquée regardant ce triomphe, l'amour.

— Mademoiselle Gillenormand aînée, lui disait

son père, je t'avais bien dit que cela t'arriverait.

Il resta un moment silencieux et ajouta :

— Regarde le bonheur des autres.

. Puis il se tourna vers Cosette :

— Qu'elle est jolie ! qu'elle est jolie ! C'est un Greuze. Tu vas donc avoir cela pour toi seul, po- lisson ! Ah ! mon coquin, tu l'échappes belle avec moi, tu es heureux, si je n'avais pas quinze ans de trop, nous nous battrions à l'épée à qui l'aurait. Tiens ! je suis amoureux de vous, mademoiselle. C'est tout simple. C'est votre droit. Ah ! la belle jolie charmante petite noce que cela va faire ! C'est Saint-Denis du Saint-Sacrement qui est notre pa- roisse, mais j'aurai une dispense pour que vous vous épousiez à Saint-Paul. L'église est mieux. C'est bâti par les jésuites. C'est plus coquet. C'est vis-à-vis la fontaine du cardinal de Birague. Le chef-d'œuvre de l'architecture jésuite est à Namur. Ça s'appelle Saint-Loup. Il faudra y aller quand vous serez mariés. Cela vaut le voyage. Made- moiselle, je suis tout à fait de votre parti, je veux que les filles se marient, c'est fait pour ça. Il y a une certaine sainte Catherine que je voudrais voir toujours décoiffée. Rester fille, c'est beau, mais

c'est froid. La Bible dit : Multipliez. Pour sauver
le peuple, il faut Jeanne d'Arc ; mais pour faire le
peuple, il faut la mère Gigogne. Donc, mariez-
vous, les belles. Je ne vois vraiment pas à quoi
bon rester fille ? Je sais bien qu'on a une chapelle.
à part dans l'église et qu'on se rabat sur la con-
frérie de la Vierge ; mais , sapristi , un joli mari,
brave garçon, et, au bout d'un an, un gros mioche
blond qui vous tette gaillardement, et qui a de
bons plis de graisse aux cuisses, et qui vous tripote
le sein à poignées dans ses petites pattes roses en
riant comme l'aurore, cela vaut pourtant mieux que
de tenir un cierge à vêpres et de chanter *Turris
eburnea !*

Le grand-père fit une pirouette sur ses talons
de quatre-vingt-dix ans, et se remit à parler,
comme un ressort qui repart :

Ainsi , bornant le cours de tes rêvasseries,
Alcippe, il est donc vrai, dans peu tu te maries.

— A propos!
— Quoi, mon père?
— N'avais-tu pas un ami intime?
— Oui, Courfeyrac.

— Qu'est-il devenu?

— Il est mort.

— Ceci est bon.

Il s'assit près d'eux, fit asseoir Cosette, et prit leurs quatre mains dans ses vieilles mains ridées :

— Elle est exquise, cette mignonne. C'est un chef-d'œuvre, cette Cosette-là ! Elle est très-petite fille et très-grande dame. Elle ne sera que baronne, c'est déroger ; elle est née marquise. Vous a-t-elle des cils ! Mes enfants, fichez-vous bien dans la caboche que vous êtes dans le vrai. Aimez-vous. Soyez-en bêtes. L'amour, c'est la bêtise des hommes et l'esprit de Dieu. Adorez-vous. Seulement, ajouta-t-il rembruni tout à coup, quel malheur ! Voilà que j'y pense ! Plus de la moitié de ce que j'ai est en viager ; tant que je vivrai, cela ira encore, mais après ma mort, dans une vingtaine d'années d'ici, ah ! mes pauvres enfants, vous n'aurez pas le sou ! Vos belles mains blanches, madame la baronne, feront au diable l'honneur de le tirer par la queue.

Ici on entendit une voix grave et tranquille qui disait :

— Mademoiselle Euphrasie Fauchelevent a six cent mille francs.

C'était la voix de Jean Valjean.

Il n'avait pas encore prononcé une parole, personne ne semblait même plus savoir qu'il était là, et il se tenait debout et immobile derrière tous ces gens heureux.

— Qu'est-ce que c'est que mademoiselle Euphrasie en question ? demanda le grand-père effaré.

— C'est moi, répondit Cosette.

— Six cent mille francs ! reprit M. Gillenormand.

— Moins quatorze ou quinze mille francs peut-être, dit Jean Valjean.

Et il posa sur la table le paquet que la tante Gillenormand avait pris pour un livre.

Jean Valjean ouvrit lui-même le paquet; c'était une liasse de billets de banque. On les feuilleta et on les compta. Il y avait cinq cents billets de mille francs et cent soixante-huit de cinq cents. En tout cinq cent quatre-vingt-quatre mille francs.

— Voilà un bon livre, dit M. Gillenormand.

— Cinq cent quatre-vingt-quatre mille francs !
murmura la tante.

— Ceci arrange bien des choses, n'est-ce pas,
mademoiselle Gillenormand aînée? reprit l'aïeul.
Ce diable de Marius, il vous a déniché dans l'arbre
des rêves une grisette millionnaire ! Fiez-vous donc
maintenant aux amourettes des jeunes gens ! Les
étudiants trouvent des étudiantes de six cent mille
francs. Chérubin travaille mieux que Rothschild.

— Cinq cent quatre-vingt-quatre mille francs !
répétait à demi voix mademoiselle Gillenormand.
Cinq cent quatre-vingt-quatre ! autant dire six
cent mille, quoi !

Quant à Marius et à Cosette, ils se regardaient
pendant ce temps-là; ils firent à peine attention à
ce détail.

V

DÉPOSEZ PLUTOT VOTRE ARGENT DANS TELLE
FORÊT QUE CHEZ TEL NOTAIRE

.

On a sans doute compris, sans qu'il soit nécessaire de l'expliquer longuement, que Jean Valjean,
après l'affaire Champmathieu, avait pu, grâce à sa
première évasion de quelques jours, venir à Paris,
et retirer à temps de chcz Laffitte la somme gagnée
par lui, sous le nom de monsieur Madeleine, à
M. — sur M. — ; et que, craignant d'être repris,

ce qui lui arriva en effet peu de temps après, il
avait caché et enfoui cette somme dans la forêt de
Montfermeil au lieu dit le fonds Blaru. La somme,
six cent trente mille francs, toute en billets de
banque, avait peu de volume et tenait dans une
boîte ; seulement, pour préserver la boîte de l'hu-
midité, il l'avait placée dans un coffret en chêne
plein de copeaux de châtaignier. Dans le même
coffret, il avait mis son autre trésor, les chandeliers
de l'évêque. On se souvient qu'il avait emporté ces
chandeliers en s'évadant de M. — sur M. —.
L'homme aperçu un soir une première fois par
Boulatruelle, c'était Jean Valjean. Plus tard, chaque
fois que Jean Valjean avait besoin d'argent, il venait en chercher à la clairière Blaru. De là les
absences dont nous avons parlé. Il avait une pioche
quelque part dans les bruyères, dans une cachette
connue de lui seul. Lorsqu'il vit Marius convalescent, sentant que l'heure approchait où cet argent
pourrait être utile, il était allé le chercher ; et c'était
encore lui que Boulatruelle avait vu dans le bois,
mais cette fois le matin et non le soir. Boulatruelle hérita de la pioche.

La somme réelle était cinq cent quatre-vingt-

quatre mille cinq cents francs. Jean Valjean retira
les cinq cents francs pour lui. — Nous verrons
après, pensa-t-il.

La différence entre cette somme et les six cent
trente mille francs retirés de chez Laffitte repré-
sentait la dépense de dix années, de 1823 à 1833.
Les cinq années de séjour au couvent n'avaient
coûté que cinq mille francs.

Jean Valjean mit les deux flambeaux d'argent
sur la cheminée où ils resplendirent, à la grande
admiration de Toussaint.

Du reste, Jean Valjean se savait délivré de Javert. On avait raconté devant lui, et il avait vérifié
le fait dans le *Moniteur,* qui l'avait publié, qu'un
inspecteur de police nommé Javert avait été trouvé
noyé sous un bateau de blanchisseuses entre le
pont au Change et le Pont-Neuf, et qu'un écrit
laissé par cet homme, d'ailleurs irréprochable et
fort estimé de ses chefs, faisait croire à un accès
d'aliénation mentale et à un suicide. — Au fait,
pensa Jean Valjean, puisque, me tenant, il m'a
laissé en liberté, c'est qu'il fallait qu'il fût déjà
fou.

VI

LES DEUX VIEILLARDS FONT TOUT,
CHACUN A LEUR FAÇON, POUR QUE COSETTE
SOIT HEUREUSE

On prépara tout pour le mariage. Le médecin consulté déclara, qu'il pourrait avoir lieu en février. On était en décembre. Quelques ravissantes semaines de bonheur parfait s'écoulèrent.

Le moins heureux n'était pas le grand-père. Il restait des quarts d'heure en contemplation devant Cosette.

— L'admirable jolie fille! s'écriait-il. Et elle a l'air si douce et si bonne! Il n'y a pas à dire mamie mon cœur, c'est la plus charmante fille que j'aie vue de ma vie. Plus tard, ça vous aura des vertus avec odeur de violette. C'est une grâce, quoi! On ne peut que vivre noblement avec une telle créature. Marius, mon garçon, tu es baron, tu es riche, n'avocasse pas, je t'en supplie.

Cosette et Marius étaient passés brusquement du sépulcre au paradis. La transition avait été peu ménagée, et ils en auraient été étourdis s'ils n'en avaient été éblouis.

— Comprends-tu quelque chose à cela? disait Marius à Cosette.

— Non, répondait Cosette, mais il me semble que le bon Dieu nous regarde.

Jean Valjean fit tout, aplanit tout, concilia tout, rendit tout facile. Il se hâtait vers le bonheur de Cosette avec autant d'empressement, et en apparence, de joie, que Cosette elle-même.

Comme il avait été maire, il sut résoudre un problème délicat, dans le secret duquel il était seul : l'état civil de Cosette. Dire crûment l'origine, qui sait? cela eût pu empêcher le mariage. Il tira Co-

sette de toutes les difficultés. Il lui arrangea une
famille de gens morts, moyen sûr de n'encourir
aucune réclamation. Cosette était ce qui restait
d'une famille éteinte; Cosette n'était pas sa fille à
lui, mais la fille d'un autre Fauchelevent. Deux
frères Fauchelevent avaient été jardiniers au couvent du Petit-Picpus. On alla à ce couvent; les
meilleurs renseignements et les plus respectables
témoignages abondèrent; les bonnes religieuses,
peu aptes et peu enclines à sonder les questions de
paternité, et n'y entendant pas malice, n'avaient
jamais su bien au juste duquel des deux Fauchelevent la petite Cosette était la fille. Elles dirent ce
qu'on voulut, et le dirent avec zèle. Un acte de
notoriété fut dressé. Cosette devint devant la loi
mademoiselle Euphrasie Fauchelevent. Elle fut dé-
clarée orpheline de père et de mère. Jean Valjean
s'arrangea de façon à être désigné, sous le nom
de Fauchelevent, comme tuteur de Cosette, avec
M. Gillenormand comme subrogé tuteur.

Quant aux cinq cent quatre-vingt-quatre mille
francs, c'était un legs fait à Cosette par une personne morte qui désirait rester inconnue. Le legs
primitif avait été de cinq cent quatre-vingt-qua-

torze mille francs; mais dix mille francs avaient
été dépensés pour l'éducation de mademoiselle Euphrasie, dont cinq mille francs payés au couvent
même. Ce legs, déposé dans les mains d'un tiers,
devait être remis à Cosette à sa majorité ou à
l'époque de son mariage. Tout cet ensemble était
fort acceptable, comme on voit, surtout avec un
appoint de plus d'un demi-million. Il y avait bien
çà et là quelques singularités, mais on ne les vit
pas; un des intéressés avait les yeux bandés par
l'amour, les autres par les six cent mille francs.

Cosette apprit qu'elle n'était pas la fille de ce
vieux homme qu'elle avait si longtemps appelé
père. Ce n'était qu'un parent; un autre Fauchelevent était son père véritable. Dans tout autre moment, cela l'eût navrée. Mais à l'heure ineffable où
elle était, ce ne fut qu'un peu d'ombre, un rem-
brunissement, et elle avait tant de joie que ce
nuage dura peu. Elle avait Marius. Le jeune homme
arrivait, le bonhomme s'effaçait; la vie est ainsi.

Et puis, Cosette était habituée depuis longues
années à voir autour d'elle des énigmes; tout être
qui a eu une enfance mystérieuse est toujours prêt
à de certains renoncements.

Elle continua pourtant de dire à Jean Valjean :
« Père. »

Cosette, aux anges, était enthousiasmée du père
Gillenormand. Il est vrai qu'il la comblait de madrigaux et de cadeaux. Pendant que Jean Valjean
construisait à Cosette une situation normale dans
la société et une possession d'état inattaquable,
M. Gillenormand veillait à la corbeille de noce.
Rien ne l'amusait comme d'être magnifique. Il
avait donné à Cosette une robe de guipure de
Binche qui lui venait de sa propre grand'mère à
lui. — Ces modes-là renaissent, disait-il, les anti-
quailles font fureur, et les jeunes femmes de ma
vieillesse s'habillent comme les vieilles femmes de
mon enfance.

Il dévalisait ses respectables commodes de laque
de Coromandel à panse bombée qui n'avaient pas
été ouvertes depuis des ans. — Confessons ces
douairières, disait-il; voyons ce qu'elles ont dans
la bedaine. Il violait bruyamment des tiroirs ven-
trus pleins des toilettes de toutes ses femmes, de
toutes ses maîtresses, et de toutes ses aïeules. Pé-
kins, damas, lampas, moires peintes, robes de gros
de Tours flambé, mouchoirs des Indes brodés d'un

or qui peut se laver, dauphines sans envers en
pièces, points de Gênes et d'Alençon, parures en
vieille orfévrerie, bonbonnières d'ivoire ornées de
batailles microscopiques, nippes, rubans, il prodi-
guait tout à Cosette. Cosette, émerveillée, éperdue
d'amour pour Marius et effarée de reconnaissance
pour M. Gillenormand, rêvait un bonheur sans
borne vêtu de satin et de velours. Sa corbeille de
noce lui apparaissait soutenue par les séraphins.
Son âme s'envolait dans l'azur avec des ailes de
dentelle de Malines.

L'ivresse des amoureux n'était égalée, nous
l'avons dit, que par l'extase du grand-père. Il y
avait comme une fanfare dans la rue des Filles-du-
Calvaire.

Chaque matin, nouvelle offrande de bric-à-
brac du grand-père à Cosette. Tous les falbalas
possibles s'épanouissaient splendidement autour
d'elle.

Un jour Marius, qui, volontiers, causait gravement à travers son bonheur, dit à propos de je ne
sais quel incident :

— Les hommes de la révolution sont tellement
grands qu'ils ont déjà le prestige des siècles, comme

Caton et comme Phocion, et chacun d'eux semble une mémoire antique.

— Moire antique! s'écria le vieillard. Merci, Marius. C'est précisément l'idée que je cherchais.

Et le lendemain une magnifique robe de moire antique couleur thé s'ajoutait à la corbeille de Cosette.

Le grand-père extrayait de ces chiffons une sagesse.

— L'amour, c'est bien; mais il faut cela avec. Il faut de l'inutile dans le bonheur. Le bonheur, ce n'est que le nécessaire. Assaisonnez-le-moi énormément de superflu. Un palais et son cœur. Son cœur et le Louvre. Son cœur et les grandes eaux de Versailles. Donnez-moi ma bergère, et tâchez qu'elle soit duchesse. Amenez-moi Philis couronnée de bleuets, et ajoutez-lui cent mille livres de rente. Ouvrez-moi une bucolique à perte de vue sous une colonnade de marbre. Je consens à la bucolique et aussi à la féerie de marbre et d'or. Le bonheur sec ressemble au pain sec. On mange, mais on ne dîne pas. Je veux du superflu, de l'inutile, de l'extravagant, du trop, de ce qui ne sert à rien. Je me souviens d'avoir vu dans la cathédrale de Strasbourg une horloge haute comme une maison à trois étages qui marquait l'heure, qui avait la bonté de marquer l'heure, mais qui n'avait pas l'air faite pour cela ; et qui, après avoir sonné midi ou minuit, midi, l'heure du soleil, minuit, l'heure de l'amour, ou toute autre heure qu'il vous plaira, vous donnait la lune et les étoiles, la terre et la mer, les oiseaux et les poissons, Phébus et Phébé, et une ribambelle de choses qui sortaient d'une niche, et les douze apôtres, et l'empereur Charles-Quint, et Éponine et Sabinus, et un tas de petits bonshommes dorés qui jouaient de la trompette, par-dessus le marché. Sans compter de ravissants carillons qu'elle éparpillait dans l'air à tout propos sans qu'on sût pourquoi. Un méchant cadran tout nu qui ne dit que les heures vaut-il cela ? Moi je suis de l'avis de la grosse horloge de Strasbourg, et je la préfère au coucou de la Forêt-Noire.

M. Gillenormand déraisonnait spécialement à propos de la noce, et tous les trumeaux du dix-huitième siècle passaient pêle-mêle dans ses dithyrambes.

— Vous ignorez l'art des fêtes. Vous ne savez pas faire un jour de joie dans ce temps-ci, s'écriait-il.

Votre dix-neuvième siècle est veule. Il manque
d'excès. Il ignore le riche, il ignore le noble. En
toute chose, il est tondu ras. Votre tiers-état est
insipide, incolore, inodore et informe. Rêves de
vos bourgeoises qui s'établissent, comme elles
disent : un joli boudoir fraîchement décoré, palis-
sandre et calicot. Place! place! le sieur Grigou
épouse la demoiselle Grippe-sou. Somptuosité et
splendeur. On a collé un louis d'or à un cierge.
Voilà l'époque. Je demande à m'enfuir au delà
des sarmates. Ah! dès 1787, j'ai prédit que tout
était perdu, le jour où j'ai vu le duc de Rohan,
prince de Léon, duc de Chabot, duc de Montbazon,
marquis de Soubise, vicomte de Thouars, pair de
France, aller à Longchamps en tapecu! Cela a
porté ses fruits. Dans ce siècle on fait des affaires,
on joue à la Bourse, on gagne de l'argent, et
l'on est pingre. On soigne et on vernit sa surface;
on est tiré à quatre épingles, lavé, savonné, ra-
tissé, rasé, peigné, ciré, lissé, frotté, brossé, net-
toyé au dehors, irréprochable, poli comme un
caillou, discret, propret, et en même temps, vertu
de ma mie! on a au fond de la conscience des
fumiers et des cloaques à faire reculer une vachère

qui se mouche dans ses doigts. J'octroie à ce
temps-ci cette devise : Propreté sale. Marius, ne
te fàche pas, donne-moi la permission de parler,
je ne dis pas de mal du peuple, tu vois, j'en ai
plein la bouche de ton peuple, mais trouve bon
que je flanque un peu une pile à la bourgeoisie.
J'en suis. Qui aime bien cingle bien. Sur ce, je le
dis tout net, aujourd'hui on se marie, mais on ne
sait plus se marier. Ah! c'est vrai, je regrette la
gentillesse. des anciennes mœurs. J'en regrette
tout. Cette élégance, cette chevalerie, ces façons
courtoises et mignonnes, ce luxe réjouissant que
chacun avait, la musique faisant partie de la noce,
symphonie en haut, tambourinage en bas, les
danses, les joyeux visages attablés, les madrigaux
alambiqués, les chansons, les fusées d'artifice, les
francs rires, le diable et son train, les gros nœuds
de rubans. Je regrette la jarretière de la mariée.
La jarretière de la mariée est cousine de la cein-
ture de Vénus. Sur quoi roule la guerre de Troie?
Parbleu, sur la jarretière d'Hélène. Pourquoi se
bat-on, pourquoi Diomède le divin fracasse-t-il
sur la tête de Mérionée ce grand casque d'airain à
dix pointes, pourquoi Achille et Hector se pigno-

chent-ils à grands coups de pique? Parce que
Hélène a laissé prendre à Paris sa jarretière. Avec
la jarretière de Cosette, Homère ferait l'Iliade. Il
mettrait dans son poëme un vieux bavard comme
moi, et il le nommerait Nestor. Mes amis, autrefois,
dans cet aimable autrefois, on se mariait savam-
ment; on faisait un bon contrat, ensuite une bonne
boustifaille. Sitôt Cujas sorti, Gamache entrait.
Mais, dame! c'est que l'estomac est une bête
agréable qui demande son dû, et qui veut avoir sa
noce aussi. On soupait bien, et l'on avait à table
une belle voisine sans guimpe qui ne cachait sa
gorge que modérément! Oh! les larges bouches
riantes, et comme on était gai dans ce temps-là!
la jeunesse était un bouquet; tout jeune homme se
terminait par une branche de lilas ou par une touffe
de roses; fût-on guerrier, on était berger; et si,
par hasard, on était capitaine de dragons, on trouvait moyen de s'appeler Florian. On tenait à être
joli. On se brodait, on s'empourprait. Un bourgeois avait l'air d'une fleur, un marquis avait l'air
d'une pierrerie. On n'avait pas de sous-pieds, on
n'avait pas de bottes. On était pimpant, lustré,
moiré, mordoré, voltigeant, mignon, coquet, ce qui

n'empêchait pas d'avoir l'épée au côté. Le colibri
a bec et ongles. C'était le temps des *Indes galantes*.
Un des côtés du siècle était le délicat, l'autre était
le magnifique; et, par la vertu-chou! on s'amusait. Aujourd'hui on est sérieux. Le bourgeois est
avare, la bourgeoise est prude; votre siècle est
infortuné. On chasserait les Grâces comme trop
décolletées. Hélas! on cache la beauté comme une
laideur. Depuis la révolution, tout a des pantalons,
même les danseuses; une baladine doit être grave;
vos rigodons sont doctrinaires. Il faut être majes-
tueux. On serait bien fâché de ne pas avoir le menton dans sa cravate. L'idéal d'un galopin de vingt
ans qui se marie c'est de ressembler à monsieur
Royer-Collard. Et savez-vous à quoi l'on arrive
avec cette majesté-là? à être petit. Apprenez-ceci:
la joie n'est pas seulement joyeuse; elle est grande.
Mais soyez donc amoureux gaiement, que diable!
mariez-vous donc, quand vous vous mariez, avec
la fièvre et l'étourdissement et le vacarme et le
tohu-bohu du bonheur! De la gravité à l'église,
soit. Mais, sitôt la messe finie, sarpejeu! il faudrait
faire tourbillonner un songe autour de l'épousée.
Un mariage doit être royal et chimérique; il doit

promener sa cérémonie de la cathédrale de Reims
à la pagode de Chanteloup. J'ai horreur d'une
noce pleutre. Ventregoulette ! soyez dans l'Olympe,
au moins ce jour-là. Soyez des dieux. Ah ! l'on
pourrait être des sylphes, des Jeux et des Ris, des
argyraspides; on est des galoupiats !· Mes amis,
tout nouveau marié doit être le prince Aldobran-
dini. Profitez de cette minute unique de la vie pour
vous envoler dans l'empyrée avec les cygnes et les
aigles, quitte à retomber le lendemain dans la
bourgeoisie des grenouilles. N'économisez point
sur l'hyménée, ne lui rognez pas ses splendeurs;
ne liardez pas le jour où vous rayonnez. La
noce n'est pas le ménage. Oh ! si je faisais à ma
fantaisie, ce serait galant, on entendrait des violons
dans les arbres. Voici mon programme : bleu de
ciel et argent. Je mêlerais à la fête les divinités
agrestes, je convoquerais les dryades et les né-
réides. Les noces d'Amphitrite, une nuée rose, des
nymphes bien coiffées et toutes nues, un académi-
cien offrant des quatrains à la déesse, un char
traîné par des monstres marins.

> Triton trottait devant, et tirait de sa conque
> Des sons si ravissants qu'il ravissait quiconque !

— Voilà un programme de fête, en voilà un, ou je ne m'y connais pas, sac à papier !

Pendant que le grand-père, en pleine effusion lyrique, s'écoutait lui-même, Cosette et Marius s'enivraient de se regarder librement.

La tante Gillenormand considérait tout cela avec sa placidité imperturbable. Elle avait eu depuis cinq ou six mois une certaine quantité d'émotions; Marius revenu, Marius rapporté sanglant, Marius rapporté d'une barricade, Marius mort, puis vivant, Marius réconcilié, Marius fiancé, Marius se mariant avec une pauvresse, Marius se mariant avec une millionnaire. Les six cent mille francs avaient été sa dernière surprise. Puis son indifférence de première communiante lui était revenue. Elle allait régulièrement aux offices, égrenait son rosaire, lisait son eucologe, chuchotait dans un coin de la maison des *Ave* pendant qu'on chuchotait dans l'autre des *I Love You*, et, vaguement, voyait Marius et Cosette comme deux ombres. L'ombre, c'était elle.

Il y a un certain état d'ascétisme inerte où l'âme, neutralisée par l'engourdissement, étrangère à ce qu'on pourrait appeler l'affaire de vivre, ne perçoit, à l'exception des tremblements de terre et des catastrophes, aucune des impressions humaines, ni les impressions plaisantes, ni les impressions pénibles. Cette dévotion-là, disait le père Gillenormand à sa fille, correspond au rhume de cerveau. Tu ne sens rien de la vie. Pas de mauvaise odeur, mais pas de bonne.

Du reste, les six cent mille francs avaient fixé les indécisions de la vieille fille. Son père avait pris l'habitude de la compter si peu qu'il ne l'avait pas consultée sur le consentement au mariage de Marius. Il avait agi de fougue, selon sa mode, n'ayant, despote devenu esclave, qu'une pensée, satisfaire Marius. Quant à la tante, que la tante existât, et qu'elle pût avoir un avis, il n'y avait pas même songé, et, toute moutonne qu'elle était, ceci l'avait froissée. Quelque peu révoltée dans son for intérieur, mais extérieurement impassible, elle s'était dit : Mon père résout la question du mariage sans moi; je résoudrai la question de l'héritage sans lui. Elle était riche, en effet, et le père ne l'était pas. Elle avait donc réservé là-dessus sa décision. Il est probable que, si le mariage eût été pauvre, elle l'eût laissé pauvre. Tant pis pour

monsieur mon neveu! Il épouse une gueuse, qu'il
soit gueux. Mais le demi-million de Cosette plut à
la tante et changea sa situation intérieure à l'endroit de cette paire d'amoureux. On doit de la
considération à six cent mille francs, et il était
évident qu'elle ne pouvait faire autrement que de
laisser sa fortune à ces jeunes gens, puisqu'ils n'en
avaient plus besoin.

Il fut arrangé que le couple habiterait chez le
grand-père. M. Gillenormand voulut absolument
leur donner sa chambre, la plus belle de la maison. — *Cela me rajeunira,* déclarait-il. *C'est un
ancien projet. J'avais toujours eu l'idée de faire la
noce dans ma chambre.* Il meubla cette chambre
d'un tas de vieux bibelots galants. Il la fit pla-
fonner et tendre d'une étoffe extraordinaire qu'il
avait en pièce et qu'il croyait d'Utrecht, fond
satiné boutons-d'or avec fleurs de velours oreilles-
d'ours. — C'est de cette étoffe-là, disait-il, qu'é-
tait drapé le lit de la duchesse d'Anville à La
Roche-Guyon. — Il mit sur la cheminée une
figurine de Saxe portant un manchon sur son
ventre nu.

La bibliothèque de M. Gillenormand devint le

cabinet d'avocat dont avait besoin Marius; un
cabinet, on s'en souvient, étant exigé par le conseil
de l'ordre.

VII

LES EFFETS DE RÊVE MÊLÉS AU BONHEUR

Les amoureux se voyaient tous les jours. Cosette venait avec M. Fauchelevent. — ' C'est le renversement des choses, disait mademoiselle Gillenormand, que la future vienne à domicile se faire faire la cour comme ça. Mais la convalescence de Marius avait fait prendre l'habitude, et les fauteuils de la rue des Filles-du-Calvaire, meilleurs aux tête-à-tête que les chaises de paille de la rue de

l'Homme-Armé, l'avaient enracinée. Marius et
M. Fauchelevent se voyaient, mais ne se parlaient
pas. Il semblait que cela fût convenu. Toute fille
a besoin d'un chaperon. Cosette n'aurait pu venir
sans M. Fauchelevent. Pour Marius, M. Fauchelevent était la condition de Cosette. Il l'acceptait.
En mettant sur le tapis, vaguement et sans préci-
ser, les matières de la politique, au point de vue de
l'amélioration générale du sort de tous, ils parve-
naient à se dire un peu plus que oui et non. Une
fois, au sujet de l'enseignement, que Marius voulait gratuit et obligatoire, multiplié sous toutes les
formes, prodigué à tous comme l'air et le soleil,
en un mot, respirable au peuple tout entier, ils
furent à l'unisson et causèrent presque. Marius
remarqua à cette occasion que M. Fauchelevent
parlait bien, et même avec une certaine élévation
de langage. Il lui manquait pourtant on ne sait
quoi. M. Fauchelevent avait quelque chose de
moins qu'un homme du monde, et quelque chose
de plus.

Marius, intérieurement et au fond de sa pensée,
entourait de toutes sortes de questions muettes ce
M. Fauchelevent qui était pour lui simplement

bienveillant et froid. Il lui venait par moments des
doutes sur ses propres souvenirs. Il y avait dans
sa mémoire un trou, un endroit noir, un abîme
creusé par quatre mois d'agonie. Beaucoup de
choses s'y étaient perdues. Il en était à se demander s'il était bien réel qu'il eût vu M. Fauchelevent, un tel homme si sérieux et si calme, dans la
barricade.

Ce n'était pas d'ailleurs la seule stupeur que les
apparitions et les disparitions du passé lui eussent
laissée dans l'esprit. Il ne faudrait pas croire qu'il
fût délivré de toutes ces obsessions de la mémoire
qui nous forcent, même heureux, même satisfaits,
à regarder mélancoliquement en arrière. La tête
qui ne se retourne pas vers les horizons effacés ne
contient ni pensée ni amour. Par moments, Marius
prenait son visage dans ses mains et le passé tumultueux et vague traversait le crépuscule qu'il
avait dans le cerveau. Il revoyait tomber Mabeuf,
il entendait Gavroche chanter sous la mitraille, il
sentait sous sa lèvre le froid du front d'Éponine;
Enjolras, Courfeyrac, Jean Prouvaire, Combeferre,
Bossuet, Grantaire, tous ses amis, se dressaient
devant lui, puis se dissipaient. Tous ces êtres

chers, douloureux, vaillants, charmants ou tragiques, étaient-ce des songes? avaient-ils en effet
existé? L'émeute avait tout roulé dans sa fumée.
Ces grandes fièvres ont de grands rêves. Il s'in-
terrogeait; il se tâtait; il avait le vertige de toutes
ces réalités évanouies. Où étaient-ils donc tous?
était-ce bien vrai que tout fût mort? Une chute
dans les ténèbres avait tout emporté, excepté lui.
Tout cela lui semblait avoir disparu comme derrière une toile de théâtre. Il y a de ces rideaux
qui s'abaissent dans la vie. Dieu passe à l'acte
suivant.

Et lui-même, était-il bien le même homme?
Lui, le pauvre, il était riche; lui, l'abandonné, il
avait une famille; lui, le désespéré, il épousait
Cosette. Il lui semblait qu'il avait traversé une
tombe, et qu'il y était entré noir, et qu'il en était
sorti blanc. Et cette tombe, les autres y étaient
restés. A de certains instants, tous ces êtres du
passé, revenus et présents, faisaient cercle autour
de lui et l'assombrissaient; alors il songeait à
Cosette, et redevenait serein; mais il ne fallait
rien moins que cette félicité pour effacer cette
catastrophe.

M. Fauchelevent avait presque place parmi ces êtres évanouis. Marius hésitait à croire que le Fauchelevent de la barricade fût le même que ce Fauchelevent en chair et en os, si gravement assis près de Cosette. Le premier était probablement un de ces cauchemars apportés et remportés par ses heures de délire. Du reste, leurs deux natures étant escarpées, aucune question n'était possible de Marius à M. Fauchelevent. L'idée ne lui en fût même pas venue. Nous avons indiqué déjà ce détail caractéristique.

Deux hommes qui ont un secret commun, et qui, par une sorte d'accord tacite, n'échangent pas une parole à ce sujet, cela est moins rare qu'on ne pense.

Une fois seulement, Marius tenta un essai. Il fit venir dans la conversation la rue de la Chanvrerie, et, se tournant vers M. Fauchelevent, il lui dit :

— Vous connaissez bien cette rue-là ?

— Quelle rue ?

— La rue de la Chanvrerie ?

— Je n'ai aucune idée du nom de cette rue-là, répondit M. Fauchelevent du ton le plus naturel du monde.

La réponse, qui portait sur le nom de la rue, et point sur la rue elle-même, parut à Marius plus concluante qu'elle ne l'était.

— Décidément, pensa-t-il, j'ai rêvé. J'ai eu une hallucination. C'est quelqu'un qui lui ressemblait. M. Fauchelevent n'y était pas.

VIII

DEUX HOMMES IMPOSSIBLES A RETROUVER

L'enchantement, si grand qu'il fût, n'effaça point dans l'esprit de Marius d'autres préoccupations.

Pendant que le mariage s'apprêtait et en attendant l'époque fixée, il fit faire de difficiles et scrupuleuses recherches rétrospectives.

Il devait de la reconnaissance de plusieurs côtés; il en devait pour son père, il en devait pour lui-même.

Il y avait Thénardier; il y avait l'inconnu qui l'avait rapporté, lui Marius, chez M. Gillenormand.

Marius tenait à retrouver ces deux hommes, n'entendant point se marier, être heureux, et les oublier, et craignant que ces dettes du devoir non payées ne fissent ombre sur sa vie, si lumineuse désormais. Il lui était impossible de laisser tout cet arriéré en souffrance derrière lui, et il voulait, avant d'entrer joyeusement dans l'avenir, avoir quittance du passé.

Que Thénardier fût un scélérat, cela n'ôtait rien à ce fait qu'il avait sauvé le colonel Pontmercy. Thénardier était un bandit pour tout le monde, excepté pour Marius.

Et Marius, ignorant la véritable scène du champ de bataille de Waterloo, ne savait pas cette particularité, que son père était vis-à-vis de Thénardier dans cette situation étrange de lui devoir la vie sans lui devoir de reconnaissance.

Aucun des divers agents que Marius employa ne parvint à saisir la piste de Thénardier. L'effacement semblait complet de ce côté-là. La Thénardier était morte en prison pendant l'instruction du

procès. Thénardier et sa fille Azelma, les deux
seuls qui restassent de ce groupe lamentable,
avaient replongé dans l'ombre. Le gouffre de l'Inconnu social s'était silencieusement refermé sur ces
êtres. On ne voyait même plus à la surface ce
frémissement, ce tremblement, ces obscurs cercles
concentriques qui annoncent que quelque chose
est tombé là, et qu'on peut y jeter la sonde.

La Thénardier étant morte, Boulatruelle étant
mis hors de cause, Claquesous ayant disparu, les
principaux accusés s'étant échappés de prison, le
procès du guet-apens de la masure Gorbeau avait
à peu près avorté. L'affaire était restée assez obscure. Le banc des assises avait dû se contenter
de deux subalternes, Panchaud, dit Printanier, dit
Bigrenaille, et Demi-Liard, dit Deux Milliards,
qui avaient été condamnés contradictoirement à
dix ans de galères. Les travaux forcés à perpétuité
avaient été prononcés contre leurs complices évadés
et contumaces. Thénardier, chef et meneur, avait
été, par contumace également, condamné à mort.
Cette condamnation était la seule chose qui restât
sur Thénardier, jetant sur ce nom enseveli sa lueur
sinistre, comme une chandelle à côté d'une bière.

Du reste, en refoulant Thénardier dans les der-
nières profondeurs par la crainte d'être ressaisi,
cette condamnation ajoutait à l'épaississement ténébreux qui couvrait cet homme.

Quant à l'autre, quant à l'homme ignoré qui
avait sauvé Marius, les recherches eurent d'abord
quelque résultat, puis s'arrêtèrent court. On réussit
à retrouver le fiacre qui avait rapporté Marius rue
des Filles-du-Calvaire dans la soirée du 6 juin. Le
cocher déclara que le 6 juin, d'après l'ordre d'un
agent de police, il avait « stationné, » depuis trois
heures de l'après-midi jusqu'à la nuit, sur le quai
des Champs-Élysées, au-dessus de l'issue du
Grand Égout; que, vers neuf heures du soir, la
grille de l'égout, qui donne sur la berge de la rivière, s'était ouverte; qu'un homme en était sorti,
portant sur ses épaules un autre homme, qui semblait mort; que l'agent, lequel était en observation
sur ce point, avait arrêté l'homme vivant et saisi
l'homme mort; que, sur l'ordre de l'agent, lui
cocher avait reçu « tout ce monde-là » dans son
fiacre; qu'on était allé d'abord rue des Filles-du-
Calvaire; qu'on y avait déposé l'homme mort; que
l'homme mort, c'était monsieur Marius, et que lui,

cocher, le reconnaissait bien, quoiqu'il fût vivant
« cette fois-ci ; » qu'ensuite on était remonté dans
sa voiture, qu'il avait fouetté ses chevaux, que, à
quelques pas de la porte des Archives, on lui avait
crié de s'arrêter, que là, dans la rue, on l'avait
payé et quitté, et que l'agent avait emmené l'autre
homme ; qu'il ne savait rien de plus ; que la nuit
était très-noire.

Marius, nous l'avons dit, ne se rappelait rien.
Il se souvenait seulement d'avoir été saisi en arrière
par une main énergique au moment où il tombait à
la renverse dans la barricade ; puis tout s'effaçait
pour lui. Il n'avait repris connaissance que chez
M. Gillenormand.

Il se perdait en conjectures.

Il ne pouvait douter de sa propre identité. Comment se faisait-il pourtant que, tombé rue de la
Chanvrerie, il eût été ramassé par l'agent de police sur la berge de la Seine, près du pont des Invalides ? Quelqu'un l'avait emporté du quartier des
halles aux Champs-Élysées. Et comment ? Par
l'égout. Dévouement inouï !

Quelqu'un ? qui ?

C'était cet homme que Marius cherchait.

De cet homme, qui était son sauveur, rien ; nulle trace ; pas le moindre indice.

Marius, quoique obligé de ce côté-là à une grande réserve, poussa ses recherches jusqu'à la préfecture de police. Là, pas plus qu'ailleurs, les renseignements pris n'aboutirent à aucun éclaircissement. La préfecture en savait moins que le cocher de fiacre. On n'y avait connaissance d'aucune arrestation opérée le 6 juin à la grille du Grand Égout ; on n'y avait reçu aucun rapport d'agent sur ce fait qui, à la préfecture, était regardé comme une fable. On y attribuait l'invention de cette fable au cocher. Un cocher qui veut un pourboire est capable de tout, même d'imagination. Le fait, pourtant, était certain, et Marius n'en pouvait douter, à moins de douter de sa propre identité, comme nous venons de le dire.

Tout, dans cette étrange énigme, était inexplicable.

Cet homme, ce mystérieux homme, que le cocher avait vu sortir de la grille du Grand Égout portant sur son dos Marius évanoui, et que l'agent de police aux aguets avait arrêté en flagrant délit de sauvetage d'un insurgé, qu'était-il devenu ? qu'était

devenu l'agent lui-même? Pourquoi cet agent
avait-il gardé le silence? l'homme avait-il réussi à
s'évader? avait-il corrompu l'agent? Pourquoi cet
homme ne donnait-il aucun signe de vie à Marius
qui lui devait tout? Le désintéressement n'était pas
moins prodigieux que le dévouement. Pourquoi cet
homme ne reparaissait-il pas? Peut-être était-il
au-dessus de la récompense, mais personne n'est
au-dessus de la reconnaissance. Était-il mort? quel
homme était-ce? quelle figure avait-il? Personne
ne pouvait le dire. Le cocher répondait : La nuit
était très-noire. Basque et Nicolette, ahuris,
n'avaient regardé que leur jeune maître tout sanglant. Le portier, dont la chandelle avait éclairé la
tragique arrivée de Marius, avait seul remarqué
l'homme en question, et voici le signalement qu'il
en donnait : « Cet homme était épouvantable. »

Dans l'espoir d'en tirer parti pour ses recherches,
Marius fit conserver les vêtements ensanglantés
qu'il avait sur le corps, lorsqu'on l'avait ramené
chez son aïeul. En examinant l'habit, on remarqua
qu'un pan était bizarrement déchiré. Un morceau
manquait.

Un soir, Marius parlait, devant Cosette et Jean

Valjean, de toute cette singulière aventure, des informations sans nombre qu'il avait prises et de
l'inutilité de ses efforts. Le visage froid de « monsieur Fauchelevent » l'impatientait. Il s'écria avec
une vivacité qui avait presque la vibration de la
colère :

— Oui, cet homme-là, quel qu'il soit, a été sublime. Savez-vous ce qu'il a fait, monsieur? Il est
intervenu comme l'archange. Il a fallu qu'il se je-
tât au milieu du combat, qu'il me dérobât, qu'il
ouvrît l'égoût, qu'il m'y traînât, qu'il m'y portât !
Il a fallu qu'il fît plus d'une lieue et demie dans
d'affreuses galeries souterraines, courbé, ployé,
dans les ténèbres, dans le cloaque, plus d'une
lieue et demie, monsieur, avec un cadavre sur le
dos ! Et dans quel but? Dans l'unique but de sauver ce cadavre. Et ce cadavre, c'était moi. Il s'est
dit : Il y a encore là peut-être une lueur de vie;
je vais risquer mon existence à moi pour cette misérable étincelle! Et son existence, il ne l'a pas
risquée une fois, mais vingt! Et chaque pas était
un danger. La preuve, c'est qu'en sortant de
l'égout il a été arrêté. Savez-vous, monsieur, que
cet homme a fait tout cela? Et aucune récompense

à attendre. Qu'étais-je? Un insurgé. Qu'étais-je?
Un vaincu. Oh! si les six cent mille francs de Cosette étaient à moi...

— Ils sont à vous, interrompit Jean Valjean.

— Eh bien, reprit Marius, je les donnerais pour
retrouver cet homme!

Jean Valjean garda le silence.

LIVRE SIXIÈME

LA NUIT BLANCHE

I

LE 16 FÉVRIER 1833

La nuit du 16 au 17 février 1833 fut une nuit
bénie. Elle eut au-dessus de son ombre le ciel
ouvert. Ce fut la nuit de noces de Marius et de
Cosette.

La journée avait été adorable.

Ce n'avait pas été la fête bleue rêvée par le
grand-père, une féerie avec une confusion de ché-
rubins et de cupidons au-dessus de la tête des

mariés, un mariage digne de faire un dessus de porte; mais cela avait été doux et riant.

La mode du mariage n'était pas en 1833 ce qu'elle est aujourd'hui. La France n'avait pas encore emprunté à l'Angleterre cette délicatesse suprême d'enlever sa femme, de s'enfuir en sortant de l'église, de se cacher avec honte de son bonheur, et de combiner les allures d'un banqueroutier avec les ravissements du cantique des cantiques. On n'avait pas encore compris tout ce qu'il y a de chaste, d'exquis et de décent à cahoter son paradis en chaise de poste, à entrecouper son mystère de clic-clacs, à prendre pour lit nuptial un lit d'auberge, et à laisser derrière soi, dans l'alcôve banale à tant par nuit, le plus sacré des souvenirs de la vie pêle-mêle avec les tête-à-tête du conducteur de diligence et de la servante d'auberge.

Dans cette seconde moitié du dix-neuvième siècle où nous sommes, le maire et son écharpe, le prêtre et sa chasuble, la loi et Dieu, ne suffisent plus; il faut les compléter par le postillon de Longjumeau; veste bleue aux retroussis rouges et aux boutons grelots, plaque en brassard, culotte de peau verte, jurons aux chevaux normands à la queue nouée,

faux galons, chapeau ciré, gros cheveux poudrés,
fouet énorme et bottes fortes. La France ne pousse
pas encore l'élégance jusqu'à faire, comme la nobi-
lity anglaise, pleuvoir sur la calèche de poste des
mariés une grêle de pantoufles éculées et de vieilles
savates, en souvenir de Churchill, depuis Marlbo-
rough, ou Malbrouck, assailli le jour de son mariage par une colère de tante qui lui porta bonheur.
Les savates et les pantoufles ne font point encore
partie de nos célébrations nuptiales; mais patience,
le bon goût continuant à se répandre, on y
viendra.

En 1833, il y a cent ans, on ne pratiquait pas
le mariage au grand trot.

On s'imaginait encore à cette époque, chose bi-
zarre, qu'un mariage est une fête intime et sociale,
qu'un banquet patriarcal ne gâte point une so-
lennité domestique, que la gaieté, fût-elle excessive,
pourvu qu'elle soit honnête, ne fait aucun mal au
bonheur, et qu'enfin il est vénérable et bon que la
fusion de ces deux destinées d'où sortira une famille commence dans la maison, et que le ménage
ait désormais pour témoin la chambre nuptiale.

Et l'on avait l'impudeur de se marier chez soi.

Le mariage se fit donc, suivant cette mode maintenant caduque, chez M. Gillenormand.

Si naturelle et si ordinaire que soit cette affaire de se marier, les bans à publier, les actes à dresser, la mairie, l'église, ont toujours quelque complication. On ne put être prêt avant le 16 février.

Or, nous notons ce détail pour la pure satisfaction d'être exact, il se trouva que le 16 était un mardi gras. Hésitations, scrupules, particulièrement de la tante Gillenormand.

— Un mardi gras ! s'écria l'aïeul, tant mieux. Il y a un proverbe :

> Mariage un mardi gras
> N'aura point d'enfants ingrats.

Passons outre. Va pour le 16 ! Est-ce que tu veux retarder, toi, Marius?

— Non, certes ! répondit l'amoureux.

— Marions-nous, fit le grand-père.

Le mariage se fit donc le 16, nonobstant la gaieté publique. Il pleuvait ce jour-là, mais il y a toujours dans le ciel un petit coin d'azur au service du bonheur, que les amants voient, même quand le reste de la création serait sous un parapluie.

La veille, Jean Valjean avait remis à Marius, en
présence de M. Gillenormand, les cinq cent quatre-
vingt-quatre mille francs.

Le mariage se faisant sous le régime de la communauté, les actes avaient été simples.

Toussaint était désormais inutile à Jean Valjean ;
Cosette en avait hérité et l'avait promue au grade
de femme de chambre.

Quant à Jean Valjean, il y avait dans la maison
Gillenormand une belle chambre meublée exprès
pour lui, et Cosette lui avait si irrésistiblement dit :
« Père, je vous en prie, » qu'elle lui avait fait à
peu près promettre qu'il viendrait l'habiter.

Quelques jours avant le jour fixé pour le mariage, il était arrivé un accident à Jean Valjean ; il
s'était un peu écrasé le pouce de la main droite.
Ce n'était point grave ; et il n'avait pas permis que
personne s'en occupât, ni le pansât, ni même vît
son mal, pas même Cosette. Cela pourtant l'avait
forcé de s'emmitoufler la main d'un linge, et de
porter le bras en écharpe, et l'avait empêché de
rien signer. M. Gillenormand, comme subrogé tuteur de Cosette, l'avait suppléé.

Nous ne mènerons le lecteur ni à la mairie ni à

l'église. On ne suit guère deux amoureux jusque-
là, et l'on a l'habitude de tourner le dos au drame
dès qu'il met à sa boutonnière un bouquet de marié. Nous nous bornerons à noter un incident qui,
d'ailleurs inaperçu de la noce, marqua le trajet
de la rue des Filles-du-Calvaire à l'église Saint-
Paul.

On repavait à cette époque l'extrémité nord de
la rue Saint-Louis. Elle était barrée à partir de la
rue du Parc-Royal. Il était impossible aux voitures
de la noce d'aller directement à Saint-Paul. Force
était de changer l'itinéraire, et le plus simple était
de tourner par le boulevard. Un des invités fit
observer que c'était le mardi gras, et qu'il y aurait
là encombrement de voitures. — Pourquoi? demanda M. Gillenormand. — A cause des masques.
— A merveille, dit le grand-père. Allons par là.
Ces jeunes gens se marient; ils vont entrer dans le
sérieux de la vie. Cela les préparera de voir un peu
de mascarade.

On prit par le boulevard. La première des ber-
lines de la noce contenait Cosette et la tante Gillenormand, M. Gillenormand et Jean Valjean. Marius, encore séparé de sa fiancée, selon l'usage, ne

venait que dans la seconde. Le cortége nuptial, au
sortir de la rue des Filles-du-Calvaire, s'engagea
dans la longue procession de voitures qui faisait la
chaîne sans fin de la Madeleine à la Bastille et de
la Bastille à la Madeleine.

Les masques abondaient sur le boulevard. Il
avait beau pleuvoir par intervalles, Paillasse, Pantalon et Gille s'obstinaient. Dans la bonne humeur
de cet hiver de 1833, Paris s'était déguisé en Venise. On ne voit plus de ces mardis gras-là aujourd'hui. Tout ce qui existe étant un carnaval
répandu, il n'y a plus de carnaval.

Les contre-allées regorgeaient de passants et les
fenêtres de curieux. Les terrasses qui couronnent
les péristyles des théâtres étaient bordées de spec-
tateurs. Outre les masques, on regardait ce défilé,
propre au mardi gras comme à Longchamps, de
véhicules de toutes sortes, citadines, tapissières,
carrioles, cabriolets, marchant en ordre, rigoureu-
sement rivés les uns aux autres par les règlements
de police et comme emboîtés dans des rails. Quiconque est dans un de ces véhicules-là est tout à
la fois spectateur et spectacle. Des sergents de
ville maintenaient sur les bas côtés du boulevard·

ces deux interminables files parallèles se mouvant
en mouvement contrarié, et surveillaient, pour que
rien n'entravât leur double courant, ces deux ruisseaux de voitures coulant, l'un en aval, l'autre en
amont, l'un vers la chaussée d'Antin, l'autre vers
le faubourg Saint-Antoine. Les voitures armoriées
des pairs de France et des ambassadeurs tenaient
le milieu de la chaussée, allant et venant librement.
De certains cortéges magnifiques et joyeux, notam-
ment le Bœuf Gras, avaient le même privilége.
Dans cette gaieté de Paris, l'Angleterre faisait
claquer son fouet; la chaise de poste de lord Sey-
mour, harcelée d'un sobriquet populacier, passait
à grand bruit.

Dans la double file, le long de laquelle des gardes
municipaux galopaient comme des chiens de berger, d'honnêtes berlingots de famille, encombrés
de grand'tantes et d'aïeules, étalaient à leur portière de frais groupes d'enfants déguisés, pierrots
de sept ans, pierrettes de six ans, ravissants petits
êtres, sentant qu'ils faisaient officiellement partie
de l'allégresse publique, pénétrés de la dignité de
leur arlequinade et ayant une gravité de fonction-
naires.

De temps en temps un embarras survenait quelque part dans la procession des véhicules; l'une ou l'autre des deux files latérales s'arrêtait jusqu'à ce que le nœud fût dénoué; une voiture empêchée suffisait pour paralyser toute la ligne. Puis on se remettait en marche.

Les carrosses de la noce étaient dans la file allant vers la Bastille et longeant le côté droit du boulevard. A la hauteur de la rue du Pont-aux-Choux, il y eut un temps d'arrêt. Presque au même instant, sur l'autre bas côté, l'autre file qui allait vers la Madeleine s'arrêta également. Il y avait à ce point-là de cette file une voiture de masques.

Ces voitures, ou, pour mieux dire, ces charretées de masques sont bien connues des parisiens. Si elles manquaient à un mardi gras ou à une mi-carême, on y entendrait malice, et l'on dirait : *il y a quelque chose là-dessous. Probablement le ministère va changer.* Un entassement de Cassandres, d'Arlequins et de Colombines, cahoté au-dessus des passants, tous les grotesques possibles depuis le turc jusqu'au sauvage, des hercules supportant des marquises, des poissardes qui feraient boucher les oreilles à Rabelais de même que les ménades faisaient baisser les yeux à Aristophane, perruques de filasse, maillots roses, chapeaux de faraud, lunettes de grimacier, tricornes de Janot taquinés par un papillon, cris jetés aux piétons, poings sur les hanches, postures hardies, épaules nues, faces masquées, impudeurs démuselées ; un chaos d'effronteries promené par un cocher coiffé de fleurs ; voilà ce que c'est que cette institution.

La Grèce avait besoin du chariot de Thespis, la France a besoin du fiacre de Vadé.

Tout peut être parodié, même la parodie. La saturnale, cette grimace de la beauté antique, arrive, de grossissement en grossissement, au mardi gras ; et la bacchanale, jadis couronnée de pampres, inondée de soleil, montrant des seins de marbre dans une demi-nudité divine, aujourd'hui avachie sous la guenille mouillée du nord, a fini par s'appeler la chie-en-lit.

La tradition des voitures de masques remonte aux plus vieux temps de la monarchie. Les comptes de Louis XI allouent au bailli du palais « vingt sous « tournois pour trois coches de mascarades ès car- « refours. » De nos jours, ces monceaux bruyants de créatures se font habituellement charrier par

quelque ancien coucou dont ils encombrent l'im-
périale, ou accablent de leur tumultueux groupe un
landau de régie dont les capotes sont rabattues.
Ils sont vingt dans une voiture de six. Il y en a
sur le siége, sur le strapontin, sur les joues des
capotes, sur le timon. Ils enfourchent jusqu'aux
lanternes de la voiture. Ils sont debout, couchés,
assis, jarrets recroquevillés, jambes pendantes. Les
femmes occupent les genoux des hommes. On voit
de loin sur le fourmillement des têtes leur pyra-
mide forcenée. Ces carrossées font des montagnes
d'allégresse au milieu de la cohue. Collé, Panard
et Piron en découlent, enrichis d'argot. On crache
de là-haut sur le peuple le catéchisme poissard.
Ce fiacre, devenu démesuré par son chargement,
a un air de conquête. Brouhaha est à l'avant, Tohu-
bohu est à l'arrière. On y vocifère, on y vocalise,
on y hurle, on y éclate, on s'y tord de bonheur; la
gaieté y rugit, le sarcasme y flamboie, la jovialité
s'y étale comme une pourpre; deux haridelles y
traînent la farce épanouie en apothéose; c'est le
char de triomphe du Rire.

Rire trop cynique pour être franc. Et en effet
ce rire est suspect. Ce rire a une mission. Il est

chargé de prouver aux parisiens le carnaval.

Ces voitures poissardes, où l'on sent on ne sait quelles ténèbres, font songer le philosophe. Il y a du gouvernement là dedans. On touche là du doigt une affinité mystérieuse entre les hommes publics et les femmes publiques.

Que des turpitudes échafaudées donnent un total de gaieté, qu'en étageant l'ignominie sur l'opprobre on affriande un peuple, que l'espionnage servant de cariatide à la prostitution amuse les cohues en les affrontant, que la foule aime à voir passer sur les quatre roues d'un fiacre ce monstrueux tas vivant, clinquant-haillon, mi-parti ordure et lumière, qui aboie et qui chante, qu'on batte des mains à cette gloire faite de toutes les hontes, qu'il n'y ait pas de fête pour les multitudes si la police ne promène au milieu d'elles ces espèces d'hydres de joie à vingt têtes, certes, cela est triste. Mais qu'y faire? Ces tombereaux de fange enrubannée et fleurie sont insultés et amnistiés par le rire public. Le rire de tous est complice de la dégradation universelle. De certaines fêtes malsaines désagrégent le peuple et le font populace. Et aux populaces comme aux tyrans il faut

des bouffons. Le roi a Roquelaure, le peuple a
Paillasse. Paris est la grande ville folle, toutes les
fois qu'il n'est pas la grande cité sublime. Le carnaval y fait partie de la politique. Paris, avouons-
le, se laisse volontiers donner la comédie par l'in-
famie. Il ne demande à ses maîtres, — quand il a
des maîtres, — qu'une chose : fardez-moi la boue.
Rome était de la même humeur. Elle aimait Néron. Néron était un débardeur titan.

Le hasard fit, comme nous venons de le dire,
qu'une de ces difformes grappes de femmes et
d'hommes masqués, trimballée dans une vaste
calèche, s'arrêta à gauche du boulevard pendant
que le cortége de la noce s'arrêtait à droite. D'un
bord du boulevard à l'autre, la voiture où étaient
les masques aperçut vis-à-vis d'elle la voiture où
était la mariée.

— Tiens! dit un masque, une noce.

— Une fausse noce, reprit un autre. C'est nous
qui sommes la vraie.

Et, trop loin pour pouvoir interpeller la noce,
craignant d'ailleurs le holà des sergents de ville,
les deux masques regardèrent ailleurs.

Toute la carrossée masquée eut fort à faire au

bout d'un instant, la multitude se mit à la huer, ce qui est la caresse de la foule aux mascarades ; et les deux masques qui venaient de parler durent faire front à tout le monde avec leurs camarades, et n'eurent pas trop de tous les projectiles du répertoire des halles pour répondre aux énormes coups de gueule du peuple. Il se fit entre les masques et la foule un effrayant échange de métaphores.

Cependant, deux autres masques de la même voiture, un espagnol au nez démesuré avec un air vieillot et d'énormes moustaches noires, et une poissarde maigre, et toute jeune fille, masquée d'un loup, avaient remarqué la noce, eux aussi, et, pendant que leurs compagnons et les passants s'insultaient, avaient un dialogue à voix basse.

Leur aparté était couvert par le tumulte et s'y perdait. Les bouffées de pluie avaient mouillé la voiture toute grande ouverte ; le vent de février n'est pas chaud ; tout en répondant à l'espagnol, la poissarde, décolletée, grelottait, riait et toussait.

Voici le dialogue :

— Dis donc.

— Quoi, daron (*) ?

— Vois-tu ce vieux ?

— Quel vieux ?

— Là, dans la première roulotte (**) de la noce de notre côté.

Qui a le bras accroché dans une cravate noire ?

— Oui.

— Eh bien ?

— Je suis sûr que je le connais.

— Ah !

— Je veux qu'on me fauche le colabre et n'avoir de ma vioc dit vousaille, tonorguc ni mézig, si je ne colombe pas ce pantinois-à (***).

— C'est aujourd'hui que Paris est Pantin.

— Peux-tu voir la mariée en te penchant ?

— Non.

— Et le marié ?

— Il n'y a pas de marié dans cette roulotte-là.

— Bah !

(*) *Daron,* père.

(**) *Roulotte,* voiture.

(***) Je veux qu'on me coupe le cou, et n'avoir de ma vie dit vous, toi, ni moi, si je ne connais pas ce parisien-là.

— A moins que ce ne soit l'autre vieux.

— Tâche donc de voir la mariée en te penchant bien.

— Je ne peux pas.

— C'est égal, ce vieux qui a quelque chose à la patte, j'en suis sûr, je connais ça.

— Et à quoi ça te sert-il de le connaître ?

— On ne sait pas. Des fois !

— Je me fiche pas mal des vieux, moi.

— Je le connais.

— Connais-le à ton aise.

— Comment diable est-il à la noce ?

— Nous y sommes bien, nous.

— D'où vient-elle cette noce ?

— Est-ce que je sais ?

— Écoute.

— Quoi ?

— Tu devrais faire une chose.

— Quoi ?

— Descendre de notre roulotte et filer (*) cette noce-là.

— Pourquoi faire ?

(*) *Filer*, suivre.

— Pour savoir où elle va, et ce qu'elle est. Dépêche-toi de descendre, cours, ma fée (*), toi qui es jeune.

— Je ne peux pas quitter la voiture.

— Pourquoi ça?

— Je suis louée.

— Ah fichtre !

— Je dois ma journée de poissarde à la préfecture.

— C'est vrai.

— Si je quitte la voiture, le premier inspecteur qui me voit m'arrête. Tu sais bien.

— Oui, je sais.

— Aujourd'hui, je suis achetée par Pharos (**).

— C'est égal. Ce vieux m'embête.

— Les vieux t'embêtent. Tu n'es pourtant pas une jeune fille.

— Il est dans la première voiture.

— Eh bien?

— Dans la roulotte de la mariée.

— Après?

(*) *Fée,* fille.
(**) *Pharos,* le gouvernement.

— Donc il est le père.

— Qu'est-ce que cela me fait?

— Je te dis qu'il est le père.

— Il n'y a pas que ce père-là.

— Écoute.

— Quoi?

— Moi, je ne peux guère sortir que masqué. Ici, je suis caché, on ne sait pas que j'y suis. Mais demain, il n'y a plus de masques. C'est mercredi des cendres. Je risque de tomber (*). Il faut que je rentre dans mon trou. Toi, tu es libre.

— Pas trop.

— Plus que moi toujours.

— Eh bien, après?

— Il faut que tu tâches de savoir où est allée cette noce-là?

— Où elle va?

— Oui.

— Je le sais.

— Où va-t-elle donc?

— Au Cadran Bleu.

— D'abord ce n'est pas de ce côté-là.

(*) *Tomber*, être arrêté.

— Eh bien! à la Râpée.

— Ou ailleurs.

— Elle est libre. Les noces sont libres.

— Ce n'est pas tout ça. Je te dis qu'il faut que tu tâches de me savoir ce que c'est que cette noce-là, dont est ce vieux, et où cette noce-là demeure.

— Plus souvent! voilà qui sera drôle. C'est commode de retrouver, huit jours après, une noce qui a passé dans Paris le mardi gras. Une tiquante (*) dans un grenier à foin! Est-ce que c'est possible!

— N'importe, il faudra tâcher. Entends-tu, Azelma?

Les deux files reprirent des deux côtés du boulevard leur mouvement en sens inverse, et la voiture des masques perdit de vue « la roulotte » de la mariée.

(*) *Tiquante,* epingle.

II

Réaliser son rêve. A qui cela est-il donné? Il doit y avoir des élections pour cela dans le ciel; nous sommes tous candidats à notre insu; les anges votent. Cosette et Marius avaient été élus.

Cosette, à la mairie et dans l'église, était éclatante et touchante. C'était Toussaint, aidée de Nicolette, qui l'avait habillée.

Cosette avait sur une jupe de taffetas blanc sa

robe de guipure de Binche, un voile de point d'Angleterre, un collier de perles fines, une couronne de fleurs d'oranger; tout cela était blanc, et, dans cette blancheur, elle rayonnait. C'était une candeur exquise se dilatant et se transfigurant dans de la clarté. On eût dit une vierge en train de devenir déesse.

Les beaux cheveux de Marius étaient lustrés et parfumés; on entrevoyait çà et là, sous l'épaisseur des boucles, des lignes pâles qui étaient les cicatrices de la barricade.

Le grand-père, superbe, la tête haute, amalgamant plus que jamais dans sa toilette et dans ses manières toutes les élégances du temps de Barras, conduisait Cosette. Il remplaçait Jean Valjean qui, à cause de son bras en écharpe, ne pouvait donner la main à la mariée.

Jean Valjean, en noir, suivait et souriait.

— Monsieur Fauchelevent, lui disait l'aïeul, voilà un beau jour. Je vote la fin des afflictions et des chagrins. Il ne faut plus qu'il y ait de tristesse nulle part désormais. Pardieu! je décrète la joie! Le mal n'a pas le droit d'être. Qu'il y ait des hommes malheureux, en vérité, cela est honteux

pour l'azur du ciel. Le mal ne vient pas de l'homme,
qui, au fond, est bon. Toutes les misères humaines
ont pour chef-lieu et pour gouvernement central
l'enfer. autrement dit les Tuileries du diable. Bon,
voilà que je dis des mots démagogiques à présent !
Quant à moi, je n'ai plus d'opinion politique ;
que tous les hommes soient riches, c'est-à-dire
joyeux, voilà à quoi je me borne.

Quand, à l'issue de toutes les cérémonies, après
avoir prononcé devant le maire et devant le prêtre
tous les oui possibles, après avoir signé sur les
registres à la municipalité et à la sacristie, après
avoir échangé leurs anneaux, après avoir été à
genoux coude à coude sous le poêle de moire
blanche dans la fumée de l'encensoir, ils arri-
vèrent se tenant par la main, admirés et enviés
de tous, Marius en noir, elle en blanc, précédés
du suisse à épaulettes de colonel frappant les
dalles de sa hallebarde, entre deux haies d'assistants émerveillés, sous le portail de l'église ouvert
à deux battants, prêts à remonter en voiture et
tout étant fini, Cosette ne pouvait encore y croire.
Elle regardait Marius, elle regardait la foule, elle
regardait le ciel ; il semblait qu'elle eût peur de se

réveiller. Son air étonné et inquiet lui ajoutait on ne sait quoi d'enchanteur. Pour s'en retourner, ils montèrent ensemble dans la même voiture, Marius près de Cosette; M. Gillenormand et Jean Valjean leur faisaient vis-à-vis. La tante Gillenormand avait reculé d'un plan, et était dans la seconde voiture. — Mes enfants, disait le grand-père, vous voilà Monsieur le baron et Madame la baronne avec trente mille livres de rente. Et Cosette, se penchant tout contre Marius, lui caressa l'oreille de ce chuchotement angélique : — C'est donc vrai. Je m'appelle Marius. Je suis madame Toi.

Ces deux êtres resplendissaient. Ils étaient à la minute irrévocable et introuvable, à l'éblouissant point d'intersection de toute la jeunesse et de toute la joie. Ils réalisaient le vers de Jean Prouvaire; à eux deux, ils n'avaient pas quarante ans. C'était le mariage sublimé; ces deux enfants étaient deux lys. Ils ne se voyaient pas, ils se contemplaient. Cosette apercevait Marius dans une gloire; Marius apercevait Cosette sur un autel. Et sur cet autel et dans cette gloire, les deux apothéoses se mêlant, au fond, on ne sait comment, derrière un nuage

pour Cosette, dans un flamboiement pour Marius,
il y avait la chose idéale, la chose réelle, le rendez-
vous du baiser et du songe, l'oreiller nuptial.

Tout le tourment qu'ils avaient eu leur revenait
en enivrement. Il leur semblait que les chagrins,
les insomnies, les larmes, les angoisses, les épou-
vantes, les désespoirs, devenus caresses et rayons,
rendaient plus charmante encore l'heure charmante
qui approchait; et que les tristesses étaient autant
de servantes qui faisaient la toilette de la joie. Avoir
souffert, comme c'est bon! Leur malheur faisait
auréole à leur bonheur. La longue agonie de leur
amour aboutissait à une ascension.

C'était dans ces deux âmes le même enchantement, nuancé de volupté dans Marius et de pu-
deur dans Cosette. Ils se disaient tout bas : nous
irons revoir notre petit jardin de la rue Plumet.
Les plis de la robe de Cosette étaient sur Marius.

Un tel jour est un mélange ineffable de rêve et
de certitude. On possède et on suppose. On a encore du temps devant soi pour deviner. C'est une
indicible émotion ce jour-là d'être à midi et de
songer à minuit. Les délices de ces deux cœurs

débordaient sur la foule et donnaient de l'allégresse aux passants.

On s'arrêtait rue Saint-Antoine devant Saint-Paul pour voir à travers la vitre de la voiture trembler les fleurs d'oranger sur la tête de Cosette.

Puis ils rentrèrent rue des Filles-du-Calvaire, chez eux. Marius, côte à côte avec Cosette, monta, triomphant et rayonnant, cet escalier où on l'avait traîné mourant. Les pauvres, attroupés devant la porte et se partageant leurs bourses, les bénissaient. Il y avait partout des fleurs. La maison n'était pas moins embaumée que l'église; après l'encens, les roses. Ils croyaient entendre des voix chanter dans l'infini; ils avaient Dieu dans le cœur; la destinée leur apparaissait comme un plafond d'étoiles; ils voyaient au-dessus de leurs têtes une lueur de soleil levant. Tout à coup l'horloge sonna. Marius regarda le charmant bras nu de Cosette et les choses roses qu'on apercevait vaguement à travers les dentelles de son corsage, et Cosette, voyant le regard de Marius, se mit à rougir jusqu'au blanc des yeux.

Bon nombre d'anciens amis de la famille Gillenormand avaient été invités; on s'empressait autour de Cosette. C'était à qui l'appellerait madame la baronne.

L'officier Théodule Gillenormand, maintenant capitaine, était venu de Chartres où il tenait garnison, pour assister à la noce de son cousin Pontmercy. Cosette ne le reconnut pas.

Lui, de son côté, habitué à être trouvé joli par les femmes, ne se souvint pas plus de Cosette que d'une autre.

— Comme j'ai eu raison de ne pas croire à cette histoire de lancier! disait à part soi le père Gillenormand.

Cosette n'avait jamais été plus tendre avec Jean Valjean. Elle était à l'unisson du père Gillenormand; pendant qu'il érigeait la joie en aphorismes et en maximes, elle exhalait l'amour et la bonté comme un parfum. Le bonheur veut tout le monde heureux.

Elle retrouvait, pour parler à Jean Valjean, des inflexions de voix du temps qu'elle était petite fille. Elle le caressait du sourire.

Un banquet avait été dressé dans la salle à manger.

Un éclairage à giorno est l'assaisonnement né-

cessaire d'une grande joie. La brume et l'obscurité
ne sont point acceptées par les heureux. Ils ne con-
sentent pas à être noirs. La nuit, oui ; les ténèbres,
non. Si l'on n'a pas de soleil, il faut en faire un.

La salle à manger était une fournaise de choses
gaies. Au centre, au-dessus de la table blanche et
éclatante, un lustre de Venise à lames plates, avec
toutes sortes d'oiseaux de couleur, bleus, violets,
rouges, verts, perchés au milieu des bougies ; autour du lustre des girandoles, sur le mur des mi-
roirs-appliques à triples et quintuples branches ;
glaces, cristaux, verreries, vaisselles, porcelaines,
faïences, poteries, orfévreries, argenteries, tout
étincelait et se réjouissait. Les vides entre les can-
délabres étaient comblés par les bouquets, en sorte
que, là où il n'y avait pas une lumière, il y avait
une fleur.

Dans l'antichambre trois violons et une flûte
jouaient en sourdine des quatuors de Haydn.

Jean Valjean s'était assis sur une chaise dans le
salon, derrière la porte, dont le battant se repliait
sur lui de façon à le cacher presque. Quelques instants avant qu'on se mît à table, Cosette vint,
comme par coup de tête, lui faire une grande ré-

vérence en étalant de ses deux mains sa toilette de
mariée, et, avec un regard tendrement espiègle,
elle lui demanda :

— Père, êtes-vous content?

— Oui, dit Jean Valjean, je suis content.

— Eh bien, riez alors.

Jean Valjean se mit à rire.

Quelques instants après, Basque annonça que le
dîner était servi.

Les convives, précédés de M. Gillenormand donnant le bras à Cosette, entrèrent dans la salle à
manger, et se répandirent, selon l'ordre voulu, autour de la table.

Deux grands fauteuils y figuraient, à droite et à
gauche de la mariée, le premier pour M. Gillenormand, le second pour Jean Valjean. M. Gillenormand s'assit. L'autre fauteuil resta vide.

On chercha des yeux « monsieur Fauchelevent. »

Il n'était plus là.

M. Gillenormand interpella Basque.

— Sais-tu où est monsieur Fauchelevent?

— Monsieur, répondit Basque. Précisément.
Monsieur Fauchelevent m'a dit de dire à monsieur
qu'il souffrait un peu de sa main malade, et qu'il

ne pourrait dîner avec monsieur le baron et madame la baronne. Qu'il priait qu'on l'excusât, qu'il viendrait demain matin. Il vient de sortir.

Ce fauteuil vide refroidit un moment l'effusion du repas de noces. Mais, M. Fauchelevent absent, M. Gillenormand était là, et le grand-père rayonnait pour deux. Il affirma que M. Fauchelevent faisait bien de se coucher de bonne heure, s'il souffrait, mais que ce n'était qu'un « bobo. » Cette déclaration suffit. D'ailleurs, qu'est-ce qu'un coin obscur dans une telle submersion de joie ? Cosette et Marius étaient dans un de ces moments égoïstes et bénis où l'on n'a pas d'autre faculté que de percevoir le bonheur. Et puis, M. Gillenormand eut une idée. — Pardieu, ce fauteuil est vide. Viens-y, Marius. Ta tante, quoiqu'elle ait droit à toi, te le permettra. Ce fauteuil est pour toi. C'est légal, et c'est gentil. Fortunatus près de Fortunata. — Applaudissement de toute la table. Marius prit près de Cosette la place de Jean Valjean ; et les choses s'arrangèrent de telle sorte que Cosette, d'abord triste de l'absence de Jean Valjean, finit par en être contente. Du moment où Marius était le remplaçant, Cosette n'eût pas regretté Dieu. Elle mit

son doux petit pied chaussé de satin blanc sur le
pied de Marius.

Le fauteuil occupé, M. Fauchelevent fut effacé ;
et rien ne manqua. Et, cinq minutes après, la table
entière riait d'un bout à l'autre avec toute la verve
de l'oubli.

Au dessert, M. Gillenormand debout, un verre
de vin de champagne en main, à demi plein pour
que le tremblement de ses quatre-vingt-douze
ans ne le fît pas déborder, porta la santé des
mariés.

— Vous n'échapperez pas à deux sermons,
s'écria-t-il. Vous avez eu le matin celui du curé,
vous aurez le soir celui du grand-père. Ecoutez-
moi ; je vais vous donner un conseil : Adorez-vous.
Je ne fais pas un tas de gyries, je vais au but, soyez
heureux. Il n'y a pas dans la création d'autres sages
que les tourtereaux. Les philosophes disent : Modérez vos joies. Moi je dis : Lâchez-leur la bride, à vos
joies. Soyez épris comme des diables. Soyez enra-
gés. Les philosophes radotent. Je voudrais leur faire
rentrer leur philosophie dans la gargoine. Est-ce
qu'il peut y avoir trop de parfums, trop de boutons
de rose ouverts, trop de rossignols chantants, trop

de feuilles vertes, trop d'aurore dans la vie? est-ce qu'on peut trop s'aimer? est-ce qu'on peut trop se plaire l'un à l'autre? Prends garde, Estelle, tu es trop jolie! Prends garde, Némorin, tu es trop beau! La bonne balourdise! Est-ce qu'on peut trop s'enchanter, trop se cajoler, trop se charmer? est-ce qu'on peut trop être vivant? est-ce qu'on peut trop être heureux? Modérez vos joies. Ah ouiche! A bas les philosophes! La sagesse, c'est la jubilation. Jubilez, jubilons. Sommes-nous heureux parce que nous sommes bons? ou sommes-nous bons parce que nous sommes heureux? Le Sancy s'appelle-t-il le Sancy parce qu'il a appartenu à Harlay de Sancy, ou parce qu'il pèse cent six carats? Je n'en sais rien; la vie est pleine de ces problèmes-là; l'important, c'est d'avoir le Sancy, et le bonheur. Soyons heureux sans chicaner. Obéissons aveuglément au soleil. Qu'est-ce que le soleil? C'est l'amour. Qui dit amour, dit femme. Ah! ah! Voilà une toute-puissance, c'est la femme. Demandez à ce démagogue de Marius s'il n'est pas l'esclave de cette petite tyranne de Cosette. Et de son plein gré, le lâche! La femme! Il n'y a pas de Robespierre qui tienne, la femme règne. Je ne suis

plus royaliste que de cette royauté-là. Qu'est-ce
qu'Adam? C'est le royaume d'Ève. Pas de 89 pour
Ève. Il y avait le sceptre royal surmonté d'une
fleur de lys, il y avait le sceptre impérial surmonté
d'un g'obe, il y avait le sceptre de Charlemagne
qui était en fer, il y avait le sceptre de Louis le
Grand qui était en or, la révolution les a tordus
entre son pouce et son index, comme des fétus de
paille de deux liards; c'est fini, c'est cassé, c'est
par terre, il n'y a plus de sceptre; mais faites-moi
donc des révolutions contre ce petit mouchoir brodé
qui sent le patchouli! Je voudrais vous y voir. Es-
sayez. Pourquoi est-ce solide? Parce que c'est
un chiffon. Ah! vous êtes le dix-neuvième siècle?
Eh bien, après? Nous étions le dix-huitième, nous!
Et nous étions aussi bêtes que vous. Ne vous imaginez pas que vous ayez changé grand'chose à
l'univers, parce que votre trousse-galant s'appelle le choléra-morbus, et parce que votre bour-
rée s'appelle la cachucha. Au fond, il faudra bien
toujours aimer les femmes. Je vous défie de sortir
de là. Ces diablesses sont nos anges. Oui, l'amour,
la femme, le baiser, c'est un cercle dont je vous
défie de sortir; et, quant à moi, je voudrais bien

y rentrer. Lequel de vous a vu se lever dans l'infini, apaisant tout au-dessous d'elle, regardant les
flots comme une femme, l'étoile Vénus, la grande
coquette de l'abîme, la Célimène de l'océan?
L'océan, voilà un rude Alceste. Eh bien, il a beau
bougonner, Vénus paraît, il faut qu'il sourie. Cette
bête brute se soumet. Nous sommes tous ainsi.
Colère, tempête, coups de foudre, écume jusqu'au
plafond. Une femme entre en scène, une étoile se
lève; à plat ventre! Marius se battait il y a six
mois; il se marie aujourd'hui. C'est bien fait. Oui,
Marius, oui, Cosette, vous avez raison. Existez har-
diment l'un pour l'autre, faites-vous des mamours,
faites-nous crever de rage de n'en pouvoir faire
autant, idolâtrez-vous. Prenez dans vos deux becs
tous les petits brins de félicité qu'il y a sur la
terre, et arrangez-vous-en un nid pour la vie.
Pardi, aimer, être aimé, le beau miracle quand on
est jeune! Ne vous figurez pas que vous ayez inventé cela. Moi aussi, j'ai rêvé, j'ai songé, j'ai sou-
piré; moi aussi, j'ai eu une âme clair de lune.
L'amour est un enfant de six mille ans. L'amour a
droit à une longue barbe blanche. Mathusalem est
un gamin près de Cupidon. Depuis soixante siècles,

l'homme et la femme se tirent d'affaire en aimant.
Le diable, qui est malin, s'est mis à haïr l'homme;
l'homme, qui est plus malin, s'est mis à aimer la
femme. De cette façon, il s'est fait plus de bien
que le diable ne lui a fait de mal. Cette finesse-là
a été trouvée dès le paradis terrestre. Mes amis,
l'invention est vieille, mais elle est toute neuve.
Profitez-en. Soyez Daphnis et Chloé en attendant
que vous soyez Philémon et Baucis. Faites en sorte
que, quand vous êtes l'un avec l'autre, rien ne vous
manque, et que Cosette soit le soleil pour Marius,
et que Marius soit l'univers pour Cosette. Cosette,
que le beau temps, ce soit le sourire de votre mari;
Marius, que la pluie, ce soit les larmes de ta
femme. Et qu'il ne pleuve jamais dans votre ménage. Vous avez chipé à la loterie le bon numéro,
l'amour dans le sacrement; vous avez le gros lot,
gardez-le bien, mettez-le sous clef, ne le gaspillez
pas, adorez-vous, et fichez-vous du reste. Croyez
ce que je dis là. C'est du bon sens. Bon sens ne peut
mentir. Soyez-vous l'un pour l'autre une religion.
Chacun a sa façon d'adorer Dieu. Saperlotte! la
meilleure manière d'adorer Dieu, c'est d'aimer sa
femme. Je t'aime! voilà mon catéchisme. Qui-

conque aime est orthodoxe. Le juron de Henri IV
met la sainteté entre la ripaille et l'ivresse. Ventre-
saint-gris! je ne suis pas de la religion de ce
juron-là. La femme y est oubliée. Cela m'étonne
de la part du juron de Henri IV. Mes amis, vive
la femme! Je suis vieux, à ce qu'on dit; c'est
étonnant comme je me sens en train d'être jeune.
Je voudrais aller écouter des musettes dans les
bois. Ces enfants-là qui réussissent à être beaux
et contents, cela me grise. Je me marierais bel-
lement si quelqu'un voulait. Il est impossible
de s'imaginer que Dieu nous ait faits pour autre
chose que ceci : idolâtrer, roucouler, adoniser,
être pigeon, être coq, becqueter ses amours du
matin au soir, se mirer dans sa petite femme,
être fier, être triomphant, faire jabot ; voilà le but
de la vie. Voilà, ne vous en déplaise, ce que nous
pensions, nous autres, dans notre temps dont nous
étions les jeunes gens. Ah! vertu-bamboche! qu'il
y en avait donc de charmantes femmes, à cette
époque-là, et des minois, et des tendrons! J'y exer-
çais mes ravages. Donc aimez-vous. Si l'on ne s'aimait pas, je ne vois pas vraiment à quoi cela ser-
virait qu'il y eût un printemps ; et, quant à moi, je

prierais le bon Dieu de serrer toutes les belles
choses qu'il nous montre, et de nous les reprendre,
et de remettre dans sa boîte les fleurs, les oiseaux
et les jolies filles. Mes enfants, recevez la bénédic-
tion du vieux bonhomme.

La soirée fut vive, gaie, aimable. La belle humeur souveraine du grand-père donna l'ut à toute
la fête, et chacun se régla sur cette cordialité presque centenaire. On dansa un peu, on rit beaucoup ; ce fut une noce bonne enfant. On eût pu y
convier le bonhomme Jadis. Du reste il y était dans
la personne du père Gillenormand.

Il y eut tumulte, puis silence.

Les mariés disparurent.

Un peu après minuit la maison Gillenormand
devint un temple.

Ici nous nous arrêtons. Sur le seuil des nuits de
noce est un ange debout, souriant, un doigt sur la
bouche.

L'âme entre en contemplation devant ce sanctuaire où se fait la célébration de l'amour.

Il doit y avoir des lueurs au-dessus de ces
maisons-là. La joie qu'elles contiennent doit s'é-
chapper à travers les pierres des murs en

clarté et rayer vaguement les ténèbres. Il est
impossible que cette fête sacrée et fatale n'envoie
pas un rayonnement céleste à l'infini. L'amour,
c'est le creuset sublime où se fait la fusion de
l'homme et de la femme; l'être un, l'être triple,
l'être final, la trinité humaine en sort. Cette naissance de deux âmes en une doit être une émotion pour l'ombre. L'amant est prêtre; la vierge
ravie s'épouvante. Quelque chose de cette joie va
à Dieu. Là où il y a vraiment mariage, c'est-à-dire
où il y a amour, l'idéal s'en mêle. Un lit nuptial
fait dans les ténèbres un coin d'aurore. S'il était
donné à la prunelle de chair de percevoir les
visions redoutab'es et charmantes de la vie supé-
rieure, il est probable qu'on verrait les formes de
la nuit, les inconnus ailés, les passants bleus de
l'invisible, se pencher, foule de têtes sombres, autour de la maison lumineuse, satisfaits, bénissants,
se montrant les uns aux autres la vierge épouse
doucement effarée, et ayant le reflet de la félicité
humaine sur leurs visages divins. Si, à cette heure
suprême, les époux éblouis de volupté et qui se
croient seuls, écoutaient, ils entendraient dans
leur chambre un bruissement d'ailes confuses. Le

bonheur parfait implique la solidarité des anges. Cette petite alcôve obscure a pour plafond tout le ciel. Quand deux bouches, devenues sacrées par l'amour, se rapprochent pour créer, il est impossible qu'au-dessus de ce baiser ineffable il n'y ait pas un tressaillement dans l'immense mystère des étoiles.

Ces félicités sont les vraies. Pas de joie hors de ces joies-là. L'amour, c'est là l'unique extase. Tout le reste pleure.

Aimer ou avoir aimé, cela suffit. Ne demandez rien ensuite. On n'a pas d'autre perle à trouver dans les plis ténébreux de la vie. Aimer est un accomplissement.

L'INSÉPARABLE

Qu'était devenu Jean Valjean ?

Immédiatement après avoir ri, sur la gentille injonction de Cosette, personne ne faisant attention à lui, Jean Valjean s'était levé, et, inaperçu, il avait gagné l'antichambre. C'était cette même salle où, huit mois auparavant, il était entré noir de boue, de sang et de poudre, rapportant le petit-fils à l'aïeul. La vieille boiserie était enguirlandée de

feuillages et de fleurs ; les musiciens étaient assis
sur le canapé où l'on avait déposé Marius. Basque
en habit noir, en culotte courte, en bas blancs et
en gants blancs, disposait des couronnes de roses
autour de chacun des plats qu'on allait servir. Jean
Valjean lui avait montré son bras en écharpe,
l'avait chargé d'expliquer son absence, et était sorti.

Les croisées de la salle à manger donnaient sur
la rue. Jean Valjean demeura quelques minutes debout et immobile dans l'obscurité sous ces fenêtres
radieuses. Il écoutait. Le bruit confus du banquet
venait jusqu'à lui. Il entendait la parole haute et
magistrale du grand-père, les violons, le cliquetis
des assiettes et des verres, les éclats de rire, et
dans toute cette rumeur gaie il distinguait la
douce voix joyeuse de Cosette.

Il quitta la rue des Filles-du-Calvaire et s'en
revint rue de l'Homme-Armé.

Pour s'en retourner, il prit par la rue Saint-Louis,
la rue Culture-Sainte-Catherine et les Blancs-
Manteaux ; c'était un peu le plus long, mais c'était
le chemin par où, depuis trois mois, pour éviter
les encombrements et les boues de la rue Vieille-
du-Temple, il avait coutume de venir tous les

jours, de la rue de l'Homme-Armé à la rue des
Filles-du-Calvaire, avec Cosette.

Ce chemin où Cosette avait passé excluait pour
lui tout autre itinéraire.

Jean Valjean rentra chez lui. Il alluma sa chandelle et monta. L'appartement était vide. Toussaint
elle-même n'y était plus. Le pas de Jean Valjean
faisait dans les chambres plus de bruit qu'à l'ordinaire. Toutes les armoires étaient ouvertes. Il pé-
nétra dans la chambre de Cosette. Il n'y avait pas
de draps au lit. L'oreiller de coutil, sans taie et
sans dentelles, était posé sur les couvertures pliées
au pied des matelas dont on voyait la toile et où
personne ne devait plus coucher. Tous les petits
objets féminins auxquels tenait Cosette avaient été
emportés; il ne restait que les gros meubles et les
quatre murs. Le lit de Toussaint était également
dégarni. Un seul lit était fait et semblait attendre
quelqu'un, c'était celui de Jean Valjean.

Jean Valjean regarda les murailles, ferma quelques portes d'armoires, alla et vint d'une chambre
à l'autre.

Puis il se retrouva dans sa chambre, et il posa sa
chandelle sur une table.

Il avait dégagé son bras de l'écharpe, et il se
servait de sa main droite comme s'il n'en souffrait
pas.

Il s'approcha de son lit, et ses yeux s'arrêtèrent,
fut-ce par hasard ? fut-ce avec intention ? sur l'*in-
séparable,* dont Cosette avait été jalouse, sur la
petite malle qui ne le quittait jamais. Le 4 juin,
en arrivant rue de l'Homme-Armé, il l'avait dépo-
sée sur un guéridon près de son chevet. Il alla à ce
guéridon avec une sorte de vivacité, prit dans sa
poche une clef, et ouvrit la valise.

Il en tira lentement les vêtements avec lesquels,
dix ans auparavant, Cosette avait quitté Montfermeil; d'abord la petite robe noire, puis le fichu
noir, puis les bons gros souliers d'enfant que Cosette aurait presque pu mettre encore, tant elle
avait le pied petit, puis la brassière de futaine bien
épaisse, puis le jupon de tricot, puis le tablier à
poche, puis les bas de laine. Ces bas, où était encore gracieusement marquée la forme d'une petite
jambe, n'étaient guère plus longs que la main de
Jean Valjean. Tout cela était de couleur noire.
C'était lui qui avait apporté ces vêtements pour
elle à Montfermeil. A mesure qu'il les ôtait de la

valise, il les posait sur le lit. Il pensait. Il se rappelait. C'était en hiver, un mois de décembre très-
froid, elle grelottait à demi nue dans des gue-
nilles, ses pauvres petits pieds tout rouges dans
des sabots. Lui, Jean Valjean, il lui avait fait
quitter ces haillons pour lui faire mettre cet habil-
lement de deuil. La mère avait dû être contente
dans sa tombe de voir sa fille porter son deuil, et
surtout de voir qu'elle était vêtue et qu'elle avait
chaud. Il pensait à cette forêt de Montfermeil; ils
l'avaient traversée ensemble, Cosette et lui; il pensait au temps qu'il faisait, aux arbres sans feuilles,
au bois sans oiseaux, au ciel sans soleil; c'est égal,
c'était charmant. Il rangea les petites nippes sur
le lit, le fichu près du jupon, les bas à côté des
souliers, la brassière à côté de la robe, et il les regarda l'une après l'autre. Elle n'était pas plus
haute que cela, elle avait sa grande poupée dans
ses bras, elle avait mis son louis d'or dans la poche
de ce tablier, elle riait, ils marchaient tous les
deux se tenant par la main, elle n'avait que lui au
monde.

Alors sa vénérable tête blanche tomba sur le lit,
ce vieux cœur stoïque se brisa, sa face s'abîma

pour ainsi dire dans les vêtements de Cosette, et si quelqu'un eût passé dans l'escalier en ce moment, on eût entendu d'effrayants sanglots.

IV

IMMORTALE JECUR

La vieille lutte formidable, dont nous avons déjà
vu plusieurs phases, recommença.

Jacob ne lutta avec l'ange qu'une nuit. Hélas!
combien de fois avons-nous vu Jean Valjean saisi
corps à corps dans les ténèbres par sa conscience,
et luttant éperdument contre elle!

Lutte inouïe! A de certains moments, c'est le
pied qui glisse; à d'autres instants, c'est le sol qui

croule. Combien de fois cette conscience, forcenée
au bien, l'avait-elle étreint et accablé ! Combien de
fois la vérité, inexorable, lui avait-elle mis le ge-
nou sur la poitrine ! Combien de fois, terrassé
par la lumière, lui avait-il crié grâce ! Combien de
fois cette lumière implacable, allumée en lui et sur
lui par l'évêque, l'avait-elle ébloui de force lorsqu'il souhaitait être aveuglé ! Combien de fois
s'était-il redressé dans le combat, retenu au ro-
cher, adossé au sophisme, traîné dans la poussière, tantôt renversant sa conscience sous lui, tantôt renversé par elle ! Combien de fois, après une
équivoque, après un raisonnement traître et spé-
cieux de l'égoïsme, avait-il entendu sa conscience
irritée lui crier à l'oreille : Croc-en-jambe ! misérable ! Combien de fois sa pensée réfractaire avait-
elle râlé convulsivement sous l'évidence du devoir !
Résistance à Dieu. Sueurs funèbres. Que de blessures secrètes, que lui seul sentait saigner ! Que
d'écorchures à sa lamentable existence ! Combien
de fois s'était-il relevé sanglant, meurtri, brisé,
éclairé, le désespoir au cœur, la sérénité dans
l'âme ! et, vaincu, il se sentait vainqueur. Et, après
l'avoir disloqué, tenaillé et rompu, sa conscience,

debout au-dessus de lui, redoutable, lumineuse,
tranquille, lui disait : Maintenant, va en paix !

Mais, au sortir d'une si sombre lutte, quelle paix
lugubre, hélas !

Cette nuit-là pourtant, Jean Valjean sentit qu'il
livrait son dernier combat.

Une question se présentait, poignante.

Les prédestinations ne sont pas toutes droites ;
elles ne se développent pas en avenue rectiligne
devant le prédestiné ; elles ont des impasses, des
cœcums, des tournants obscurs, des carrefours
inquiétants offrant plusieurs voies. Jean Valjean
faisait halte en ce moment au plus périlleux de ces
carrefours.

Il était parvenu au suprême croisement du bien
et du mal. Il avait cette ténébreuse intersection
sous les yeux. Cette fois encore, comme cela lui
était déjà arrivé dans d'autres péripéties doulou-
reuses, deux routes s'ouvraient devant lui ; l'une
tentante, l'autre effrayante. Laquelle prendre ?

Celle qui effrayait était conseillée par le mystérieux doigt indicateur que nous apercevons tous
chaque fois que nous fixons nos yeux sur l'ombre.

Jean Valjean avait, encore une fois, le choix

entre le port terrible et l'embûche souriante.

Cela est-il donc vrai? l'âme peut guérir; le sort,
non. Chose affreuse! une destinée incurable!

La question qui se présentait, la voici :

De quelle façon Jean Valjean allait-il se com-
porter avec le bonheur de Cosette et de Marius?
Ce bonheur, c'était lui qui l'avait voulu, c'était lui
qui l'avait fait; il se l'était lui-même enfoncé dans
les entrailles, et à cette heure, en le considérant,
il pouvait avoir l'espèce de satisfaction qu'aurait
un armurier qui reconnaîtrait sa marque de fabrique
sur un couteau, en se le retirant tout fumant de la
poitrine.

Cosette avait Marius, Marius possédait Cosette. Ils
avaient tout, même la richesse. Et c'était son œuvre.

Mais ce bonheur, maintenant qu'il existait, maintenant qu'il était là, qu'allait-il en faire, lui Jean
Valjean? S'imposerait-il à ce bonheur? Le traite-
rait-il comme lui appartenant? Sans doute Cosette
était à un autre; mais lui Jean Valjean retiendrait-il
de Cosette tout ce qu'il en pourrait retenir? Reste-
rait-il l'espèce de père, entrevu, mais respecté,
qu'il avait été jusqu'alors? S'introduirait-il tranquillement dans la maison de Cosette? Apporte-

rait-il, sans dire mot, son passé à cet avenir? Se
présenterait-il là comme ayant droit, et viendrait-il
s'asseoir, voilé, à ce lumineux foyer? Prendrait-il,
en leur souriant, les mains de ces innocents dans
ses deux mains tragiques? Poserait-il sur les pai-
sibles chenets du salon Gillenormand ses pieds qui
traînaient derrière eux l'ombre infamante de la loi?
Entrerait-il en participation de chances avec Cosette et Marius? Épaissirait-il l'obscurité sur son
front et le nuage sur le leur? Mettrait-il en tiers
avec leurs deux félicités sa catastrophe? Conti-
nuerait-il de se taire? En un mot serait-il, près de
ces deux êtres heureux, le sinistre muet de la destinée?

Il faut être habitué à la fatalité et à ses rencontres pour oser lever les yeux quand de certaines
questions nous apparaissent dans leur nudité horrible. Le bien ou le mal sont derrière ce sévère
point d'interrogation. Que vas-tu faire? demande
le sphinx.

Cette habitude de l'épreuve, Jean Valjean l'avait.
Il regarda le sphinx fixement.

Il examina l'impitoyable problème sous toutes
ses faces.

.

Cosette, cette existence charmante, était le radeau de ce naufragé. Que faire? S'y cramponner, ou lâcher prise?

S'il s'y cramponnait, il sortait du désastre, il remontait au soleil, il laissait ruisseler de ses vêtements et de ses cheveux l'eau amère, il était sauvé, il vivait.

Allait-il lâcher prise?

Alors, l'abîme.

Il tenait ainsi douloureusement conseil avec sa pensée. Ou, pour mieux dire, il combattait; il se ruait, furieux, au dedans de lui-même, tantôt contre sa volonté, tantôt contre sa conviction.

Ce fut un bonheur pour Jean Valjean d'avoir pu pleurer. Cela l'éclaira peut-être. Pourtant le commencement fut farouche. Une tempête, plus furieuse que celle qui autrefois l'avait poussé vers Arras, se déchaîna en lui. Le passé lui revenait en regard du présent; il comparait et il sanglotait. Une fois l'écluse des larmes ouverte, le désespéré se tordit.

Il se sentait arrêté.

Hélas! dans ce pugilat à outrance entre notre égoïsme et notre devoir, quand nous reculons ainsi pas à pas devant notre idéal incommutable, égarés, acharnés, exaspérés de céder, disputant le terrain, espérant une fuite possible, cherchant une issue, quelle brusque et sinistre résistance derrière nous que le pied du mur!

Sentir l'ombre sacrée qui fait obstacle!

L'invisible inexorable, quelle obsession!

Donc avec la conscience on n'a jamais fini. Prends-en ton parti, Brutus; prends-en ton parti, Caton. Elle est sans fond, étant Dieu. On jette dans ce puits le travail de toute sa vie, on y jette sa fortune, on y jette sa richesse, on y jette son succès, on y jette sa liberté ou sa patrie, on y jette son bien-être, on y jette son repos, on y jette sa joie. Encore! encore! encore! Videz le vase! penchez l'urne! Il faut finir par y jeter son cœur.

Il y a quelque part dans la brume des vieux enfers un tonneau comme cela.

N'est-on pas pardonnable de refuser enfin? Est-ce que l'inépuisable peut avoir un droit? Est-ce que les chaînes sans fin ne sont pas au-dessus de la force humaine? Qui donc blâmerait Sisyphe et Jean Valjean de dire : c'est assez!

L'obéissance de la matière est limitée par le frottement; est-ce qu'il n'y a pas une limite à l'obéis-

sance de l'âme? Si le mouvement perpétuel est impossible, est-ce que le dévouement perpétuel est
exigible?

Le premier pas n'est rien; c'est le dernier qui est
difficile. Qu'était-ce que l'affaire Champmathieu à
côté du mariage de Cosette et de ce qu'il entraînait?
Qu'est-ce que ceci : rentrer dans le bagne, à côté
de ceci : entrer dans le néant?

O première marche à descendre, que tu es sombre! O seconde marche, que tu es noire!

Comment ne pas détourner la tête cette fois?

Le martyre est une sublimation, sublimation cor-
rosive. C'est une torture qui sacre. On peut y con-
sentir la première heure; on s'assied sur le trône
de fer rouge, on met sur son front la couronne de
fer rouge, on accepte le globe de fer rouge, on
prend le sceptre de fer rouge, mais il reste encore
à vêtir le manteau de flamme, et n'y a-t-il pas un
moment où la chair misérable se révolte, et où l'on
abdique le supplice?

Enfin Jean Valjean entra dans le calme de l'accablement.

Il pesa, il songea, il considéra les alternatives
de la mystérieuse balance de lumière et d'ombre.

Imposer son bagne à ces deux enfants éblouissants,´ou consommer lui-même son irrémédiable engloutissement. D'un côté le sacrifice de Cosette, de l'autre le sien propre.

A quelle solution s'arrêta-t-il?

Quelle détermination prit-il? Quelle fut, au dedans de lui-même, sa réponse définitive à l'incorruptible interrogatoire de la fatalité? Quelle porte se décida-t-il à ouvrir? Quel côté de sa vie prit-il le parti de fermer et de condamner? Entre tous ces escarpements insondables qui l'entouraient, quel fut son choix? Quelle extrémité accepta-t-il? Auquel de ces gouffres fit-il un signe de tête?

Sa rêverie vertigineuse dura toute la nuit.

Il resta là jusqu'au jour, dans la même attitude, ployé en deux sur ce lit, prosterné sous l'énormité du sort, écrasé peut-être, hélas! les poings crispés, les bras étendus à angle droit comme un crucifié décloué qu'on aurait jeté la face contre terre. Il demeura douze heures, les douze heures d'une longue nuit d'hiver, glacé, sans relever la tête et sans prononcer une parole. Il était immobile comme un cadavre, pendant que sa pensée se roulait à

terre et s'envolait, tantôt comme l'hydre, tantôt
comme l'aigle. A le voir ainsi sans mouvement on
eût dit un mort; tout à coup il tressaillait convulsivement et sa bouche, collée aux vêtements de
Cosette, les baisait; alors on voyait qu'il vivait.

Qui? on? puisque Jean Valjean était seul et qu'il
n'y avait personne là?

Le On qui est dans les ténèbres.

LIVRE SEPTIÈME

LA DERNIÈRE GORGÉE DU CALICE

I

LE SEPTIÈME CERCLE ET LE HUITIÈME CIEL

Les lendemains de noce sont solitaires. On respecte le recueillement des heureux. Et aussi un peu leur sommeil attardé. Le brouhaha des visites et des félicitations ne recommence que plus tard. Le matin du 17 février, il était un peu plus de midi quand Basque, la serviette et le plumeau sous le bras, occupé « à faire son antichambre, » entendit un léger frappement à la porte. On n'avait

point sonné, ce qui est discret un pareil jour.
Basque ouvrit et vit M. Fauchelevent. Il l'intro-
duisit dans le salon, encore encombré et sens dessus dessous, et qui avait l'air du champ de bataille
des joies de la veille.

— Dame, monsieur, observa Basque, nous nous
sommes réveillés tard.

— Votre maître est-il levé? demanda Jean Valjean.

— Comment va le bras de monsieur? répondit
Basque.

— Mieux. Votre maître est-il levé?

— Lequel? l'ancien ou le nouveau?

— Monsieur Pontmercy.

— Monsieur le baron? fit Basque en se redressant.

On est surtout baron pour ses domestiques.
Il leur en revient quelque chose; ils ont ce qu'un
philosophe appellerait l'éclaboussure du titre, et
cela les flatte. Marius, pour le dire en passant,
républicain militant, et il l'avait prouvé, était maintenant baron malgré lui. Une petite révolution
s'était faite dans la famille sur ce titre. C'était à
présent M. Gillenormand qui y tenait et Marius

qui s'en détachait. Mais le colonel Pontmercy
avait écrit : *Mon fils portera mon titre.* Marius
obéissait. Et puis Cosette, en qui la femme commençait à poindre, était ravie d'être baronne.

— Monsieur le baron? répéta Basque. Je vais
voir. Je vais lui dire que monsieur Fauchelevent
est là.

— Non. Ne lui dites pas que c'est moi. Dites-lui
que quelqu'un demande à lui parler en particulier,
et ne lui dites pas de nom.

— Ah! fit Basque.

— Je veux lui faire une surprise.

— Ah! reprit Basque, se donnant à lui-même
son second Ah! comme explication du premier.

Et il sortit.

Jean Valjean resta seul.

Le salon, nous venons de le dire, était tout en
désordre. Il semblait qu'en prêtant l'oreille on eût
pu y entendre encore la vague rumeur de la noce.
Il y avait sur le parquet toutes sortes de fleurs
tombées des guirlandes et des coiffures. Les bougies brûlées jusqu'au tronçon ajoutaient aux cristaux des lustres des stalactites de cire. Pas un
meuble n'était à sa place. Dans des coins, trois ou

quatre fauteuils, rapprochés les uns des autres et
faisant cercle, avaient l'air de continuer une causerie. L'ensemble était riant. Il y a encore une certaine grâce dans une fête morte. Cela a été heureux. Sur ces chaises en désarroi, parmi ces fleurs
qui se fanent, sous ces lumières éteintes, on a
pensé de la joie. Le soleil succédait au lustre, et
entrait gaiement dans le salon.

Quelques minutes s'écoulèrent. Jean Valjean
était immobile à l'endroit où Basque l'avait quitté.
Il était très-pâle. Ses yeux étaient creux et tellement enfoncés par l'insomnie sous l'orbite qu'ils y
disparaissaient presque. Son habit noir avait les
plis fatigués d'un vêtement qui a passé la nuit. Les
coudes étaient blanchis de ce duvet que laisse au
drap le frottement du linge. Jean Valjean regardait
à ses pieds la fenêtre dessinée sur le parquet par
le soleil.

Un bruit se fit à la porte, il leva les yeux.

Marius entra, la tête haute, la bouche riante, on
ne sait quelle lumière sur le visage, le front épa-
noui, l'œil triomphant. Lui aussi n'avait pas dormi.

— C'est vous, père ! s'écria-t-il en apercevant
Jean Valjean ; cet imbécile de Basque qui avait un

air mystérieux! Mais vous venez de trop bonne
heure. Il n'est encore que midi et demi. Cosette
dort.

Ce mot : Père, dit à M. Fauchelevent par Marius,
signifiait : Félicité suprême. Il y avait toujours eu,
on le sait, escarpement, froideur et contrainte entre
eux ; glace à rompre ou à fondre. Marius était à ce
point d'enivrement que l'escarpement s'abaissait,
que la glace se dissolvait, et que M. Fauchelevent
était pour lui, comme pour Cosette, un père.

Il continua; les paroles débordaient de lui, ce
qui est propre à ces divins paroxysmes de la joie :

— Que je suis content de vous voir! Si vous saviez comme vous nous avez manqué hier ! Bonjour,
père. Comment va votre main ? Mieux, n'est-ce pas ?

Et, satisfait de la bonne réponse qu'il se faisait à
lui-même, il poursuivit :

— Nous avons bien parlé de vous tous les deux.
Cosette vous aime tant ! Vous n'oublierez pas que
vous avez votre chambre ici. Nous ne voulons plus
de la rue de l'Homme-Armé. Nous n'en voulons
plus du tout. Comment aviez-vous pu aller demeurer dans une rue comme ça, qui est malade,
qui est grognon, qui est laide, qui a une barrière à

un bout, où l'on a froid, où l'on ne peut pas entrer?
Vous viendrez vous installer ici. Et dès aujourd'hui.
Ou vous aurez affaire à Cosette. Elle entend nous
mener tous par le bout du nez, je vous en préviens. Vous avez vu votre chambre, elle est tout
près de la nôtre, elle donne sur les jardins; on a
fait arranger ce qu'il y avait à la serrure, le lit est
fait, elle est toute prête, vous n'avez qu'à arriver.
Cosette a mis près de votre lit une grande vieille
bergère en velours d'Utrecht, à qui elle a dit :
tends-lui les bras. Tous les printemps, dans le
massif d'acacias qui est en face de vos fenêtres, il
vient un rossignol. Vous l'aurez dans deux mois.
Vous aurez son nid à votre gauche et le nôtre à
votre droite. La nuit il chantera, et le jour Cosette
parlera. Votre chambre est en plein midi. Cosette
vous y rangera vos livres, votre voyage du capitaine Cook, et l'autre, celui de Vancouver, toutes
vos affaires. Il y a, je crois, une petite valise à
laquelle vous tenez, j'ai disposé un coin d'honneur
pour elle. Vous avez conquis mon grand-père, vous
lui allez. Nous vivrons ensemble. Savez-vous le
whist? vous comblerez mon grand-père, si vous
savez le whist. C'est vous qui mènerez promener

Cosette mes jours de palais, vous lui donnerez le bras, vous savez, comme au Luxembourg, autrefois. Nous sommes absolument décidés à être très-heureux. Et vous en serez, de notre bonheur, entendez-vous, père. Ah çà, vous déjeunez avec nous aujourd'hui ?

— Monsieur, dit Jean Valjean, j'ai une chose à vous dire. Je suis un ancien forçat.

La limite des sons aigus perceptibles peut être tout aussi bien dépassée pour l'esprit que pour l'oreille. Ces mots : *je suis un ancien forçat,* sortant de la bouche de M. Fauchelevent et entrant dans l'oreille de Marius, allaient au delà du possible. Marius n'entendit pas. Il lui sembla que quelque chose venait de lui être dit ; mais il ne sut quoi. Il resta béant.

Il s'aperçut alors que l'homme qui lui parlait était effrayant. Tout à son éblouissement, il n'avait pas jusqu'à ce moment remarqué cette pâleur terrible.

Jean Valjean dénoua la cravate noire qui lui soutenait le bras droit, défit le linge roulé autour de sa main, mit son pouce à nu et le montra à Marius.

— Je n'ai rien à la main, dit-il.

Marius regarda le pouce.

— Je n'y ai jamais rien eu, reprit Jean Valjean.

Il n'y avait en effet aucune trace de blessure.

Jean Valjean poursuivit :

— Il convenait que je fusse absent de votre mariage. Je me suis fait absent le plus que j'ai pu. J'ai
supposé cette blessure pour ne point faire un faux,
pour ne pas introduire de nullité dans les actes du
mariage, pour être dispensé de signer.

Marius bégaya.

— Qu'est-ce que cela veut dire?

— Cela veut dire, répondit Jean Valjean, que j'ai
été aux galères.

— Vous me rendez fou! s'écria Marius épouvanté.

— Monsieur Pontmercy, dit Jean Valjean, j'ai
été dix-neuf ans aux galères. Pour vol. Puis j'ai
été condamné à perpétuité. Pour vol. Pour récidive.
A l'heure qu'il est, je suis en rupture de ban.

Marius avait beau reculer devant la réalité, refuser le fait, résister à l'évidence, il fallait s'y rendre.
Il commença à comprendre, et comme cela arrive
toujours en cas pareil, il comprit au delà. Il eut le

frisson d'un hideux éclair intérieur ; une idée qui le fit frémir, lui traversa l'esprit. Il entrevit dans l'avenir, pour lui-même, une destinée difforme.

— Dites tout, dites tout ! cria-t-il. Vous êtes le père de Cosette !

Et il fit deux pas en arrière avec un mouvement d'indicible horreur.

Jean Valjean redressa la tête dans une telle majesté d'attitude qu'il sembla grandir jusqu'au plafond.

— Il est nécessaire que vous me croyiez ici, monsieur ; quoique notre serment à nous autres ne soit pas reçu en justice...

Ici il fit un silence, puis, avec une sorte d'autorité souveraine et sépulcrale, il ajouta en articulant lentement et en pesant sur les syllabes :

— ... Vous me croirez. Le père de Cosette, moi ! devant Dieu, non. Monsieur le baron Pontmercy, je suis un paysan de Faverolles. Je gagnais ma vie à émonder des arbres. Je ne m'appelle pas Fauchelevent, je m'appelle Jean Valjean. Je ne suis rien à Cosette. Rassurez-vous.

Marius balbutia :

— Qui me prouve?...

— Moi. Puisque je le dis.

Marius regarda cet homme. Il était lugubre et
tranquille. Aucun mensonge ne pouvait sortir d'un
tel calme. Ce qui est glacé est sincère. On sentait
le vrai dans cette froideur de tombe.

— Je vous crois, dit Marius.

Jean Valjean inclina la tête comme pour prendre
acte, et continua :

— Que suis-je pour Cosette? un passant. Il y a
dix ans, je ne savais pas qu'elle existât. Je l'aime,
c'est vrai. Une enfant qu'on a vue petite, étant soi-
même déjà vieux, on l'aime. Quand on est vieux,
on se sent grand-père pour tous les petits enfants.
Vous pouvez, ce me semble, supposer que j'ai quelque chose qui ressemble à un cœur. Elle était orpheline. Sans père ni mère. Elle avait besoin de
moi. Voilà pourquoi je me suis mis à l'aimer.
C'est si faible les enfants, que le premier venu,
même un homme comme moi, peut être leur pro-
tecteur. J'ai fait ce devoir-là vis-à-vis de Cosette.
Je ne crois pas qu'on puisse vraiment appeler si peu
de chose une bonne action ; mais si c'est une bonne
action, eh bien, mettez que je l'ai faite. Enregistrez
cette circonstance atténuante. Aujourd'hui Cosette

quitte ma vie; nos deux chemins se séparent. Désormais je ne puis plus rien pour elle. Elle est madame Pontmercy. Sa providence a changé. Et Cosette gagne au change. Tout est bien. Quant aux six cent mille francs, vous ne m'en parlez pas, mais je vais au-devant de votre pensée, c'est un dépôt. Comment ce dépôt était-il entre mes mains? Qu'importe? Je rends le dépôt. On n'a rien de plus à me demander. Je complète la restitution en disant mon vrai nom. Ceci encore me regarde. Je tiens, moi, à ce que vous sachiez qui je suis.

Et Jean Valjean regarda Marius en face.

Tout ce qu'éprouvait Marius était tumultueux et incohérent. De certains coups de vent de la destinée font de ces vagues dans notre âme.

Nous avons tous eu de ces moments de trouble dans lesquels tout se disperse en nous; nous disons les premières choses venues, lesquelles ne sont pas toujours précisément celles qu'il faudrait dire. Il y a des révélations subites qu'on ne peut porter et qui enivrent comme un vin funeste. Marius était stupéfié de la situation nouvelle qui lui apparaissait, au point de parler à cet homme presque comme quelqu'un qui lui en aurait voulu de cet aveu.

— Mais enfin, s'écria-t-il, pourquoi me dites-vous tout cela? Qu'est-ce qui vous y force? Vous pouviez vous garder le secret à vous-même. Vous n'êtes ni dénoncé, ni poursuivi, ni traqué. Vous avez une raison pour faire, de gaieté de cœur, une telle révélation. Achevez. Il y a autre chose. A quel propos faites-vous cet aveu? Pour quel motif?

— Pour quel motif? répondit Jean Valjean d'une voix si basse et si sourde qu'on eût dit que c'était à lui-même qu'il parlait plus qu'à Marius. Pour quel motif, en effet, ce forçat vient-il dire : Je suis un forçat? Eh bien oui! le motif est étrange. C'est par honnêteté. Tenez, ce qu'il y a de malheureux, c'est un fil que j'ai là dans le cœur et qui me tient attaché. C'est surtout quand on est vieux que ces fils-là sont solides. Toute la vie se défait alentour; ils résistent. Si j'avais pu arracher ce fil, le casser, dénouer le nœud ou le couper, m'en aller bien loin, j'étais sauvé, je n'avais qu'à partir; il y a des diligences rue du Bouloy; vous êtes heureux, je m'en vais. J'ai essayé de le rompre, ce fil, j'ai tiré dessus, il a tenu bon, il n'a pas cassé, je m'arrachais le cœur avec. Alors j'ai dit : Je ne puis pas vivre

ailleurs que là. Il faut que je reste. Eh bien oui ;
mais vous avez raison, je suis un imbécile, pourquoi
ne pas rester tout simplement ? Vous m'offrez une
chambre dans la maison, madame Pontmercy
m'aime bien, elle dit à ce fauteuil : Tends-lui les
bras, votre grand-père ne demande pas mieux que
de m'avoir, je lui vas, nous habiterons tous ensemble, repas en commun, je donnerai le bras à
Cosette... — à madame Pontmercy, pardon, c'est
l'habitude, — nous n'aurons qu'un toit, qu'une
table, qu'un feu, le même coin de cheminée l'hiver,
la même promenade l'été, c'est la joie cela, c'est le
bonheur cela, c'est tout, cela. Nous vivrons en
famille. En famille !

A ce mot, Jean Valjean devint farouche. Il croisa
les bras, considéra le plancher à ses pieds comme
s'il voulait y creuser un abîme, et sa voix fut tout à
coup éclatante :

— En famille ! non. Je ne suis d'aucune famille,
moi. Je ne suis pas de la vôtre. Je ne suis pas de
celle des hommes. Les maisons où l'on est entre
soi, j'y suis de trop. Il y a des familles, mais ce
n'est pas pour moi. Je suis le malheureux ; je suis
dehors. Ai-je eu un père et une mère ? j'en doute

presque. Le jour où j'ai marié cette enfant, cela a
été fini, je l'ai vue heureuse, et qu'elle était avec
l'homme qu'elle aime, et qu'il y avait là un bon vieillard, un ménage de deux anges, toutes les joies
dans cette maison, et que c'était bien, je me suis
dit : Toi, n'entre pas. Je pouvais mentir, c'est vrai,
vous tromper tous, rester monsieur Fauchelevent.
Tant que cela a été pour elle, j'ai pu mentir ; mais
maintenant ce serait pour moi, je ne le dois pas. Il
suffisait de me taire, c'est vrai, et tout continuait.
Vous me demandez ce qui me force à parler ? une
drôle de chose ; ma conscience. Me taire, c'était
pourtant bien facile. J'ai passé la nuit à tâcher de
me le persuader ; vous me confessez, et ce que je
viens vous dire est si extraordinaire que vous en
avez le droit ; eh bien, oui, j'ai passé la nuit à me
donner des raisons, je me suis donné de très-bonnes
raisons, j'ai fait ce que j'ai pu, allez. Mais il y a
deux choses où je n'ai pas réussi ; ni à casser le fil
qui me tient par le cœur fixé, rivé et scellé ici, ni à
faire taire quelqu'un qui me parle bas quand je suis
seul. C'est pourquoi je suis venu vous avouer tout
ce matin. Tout, ou à peu près tout. Il y a de l'inutile à dire qui ne concerne que moi ; je le garde

pour moi. L'essentiel, vous le savez. Donc j'ai pris
mon mystère, et je vous l'ai apporté. Et j'ai éventré
mon secret sous vos yeux. Ce n'était pas une résolution aisée à prendre. Toute la nuit je me suis dé-
battu. Ah! vous croyez que je ne me suis pas dit
que ce n'était point là l'affaire Champmathieu,
qu'en cachant mon nom je ne faisais de mal à personne, que le nom de Fauchelevent m'avait été
donné par Fauchelevent lui-même en reconnaissance d'un service rendu, et que je pouvais bien le
garder, et que je serais heureux dans cette chambre
que vous m'offrez, que je ne gênerais rien, que je
serais dans mon petit coin, et que, tandis que vous
auriez Cosette, moi j'aurais l'idée d'être dans la
même maison qu'elle. Chacun aurait eu son bonheur proportionné. Continuer d'être monsieur Fauchelevent, cela arrangeait tout. Oui, excepté mon
âme. Il y avait de la joie partout sur moi, le fond
de mon âme restait noir. Ce n'est pas assez d'être
heureux, il faut être content. Ainsi je serais resté
monsieur Fauchelevent, ainsi mon vrai visage, je
l'aurais caché, ainsi, en présence de votre épanouis-
sement, j'aurais eu une énigme, ainsi, au milieu de
votre plein jour, j'aurais eu des ténèbres, ainsi,

sans crier gare, tout bonnement, j'aurais introduit
le bagne à votre foyer, je me serais assis à votre
table avec la pensée que, si vous saviez qui je suis,
vous m'en chasseriez, je me serais laissé servir par
des domestiques qui, s'ils avaient su, auraient dit :
Quelle horreur ! Je vous aurais touché avec mon
coude dont vous avez droit de ne pas vouloir, je
vous aurais filouté vos poignées de main ! Il y aurait eu dans votre maison un partage de respect
entre des cheveux blancs vénérables et des cheveux blancs flétris ; à vos heures les plus intimes,
quand tous les cœurs se seraient crus ouverts jusqu'au fond les uns pour les autres, quand nous
aurions été tous quatre ensemble, votre aïeul, vous
deux, et moi, il y aurait eu là un inconnu ! J'aurais
été côte à côte avec vous dans votre existence,
ayant pour unique soin de ne jamais déranger le
couvercle de mon puits terrible. Ainsi, moi, un
mort, je me serais imposé à vous qui êtes des
vivants. Elle, je l'aurais condamnée à moi à perpétuité. Vous, Cosette et moi, nous aurions été trois
têtes dans le bonnet vert ! Est-ce que vous ne fris-
sonnez pas ? Je ne suis que le plus accablé des
hommes, j'en aurais été le plus monstrueux. Et ce

crime, je l'aurais commis tous les jours ! Et ce
mensonge, je l'aurais fait tous les jours ! Et cette
face de nuit, je l'aurais eue sur mon visage tous les
jours ! Et ma flétrissure, je vous en aurais donné
votre part tous les jours ! tous les jours ! à vous
mes bien - aimés, à vous mes enfants, à vous mes
innocents ! Se taire n'est rien ? garder le silence est
simple ? Non, ce n'est pas simple. Il y a un silence
qui ment. Et mon mensonge, et ma fraude, et mon
indignité , et ma lâcheté , et ma trahison, et mon
crime, je l'aurais bu goutte à goutte, je l'aurais
recraché, puis rebu, j'aurais fini à minuit et recom-
mencé à midi, et mon bonjour aurait menti, et mon
bonsoir aurait menti , et j'aurais dormi là-dessus,
et j'aurais mangé cela avec mon pain , et j'aurais
regardé Cosette en face , et j'aurais répondu au
sourire de l'ange par le sourire du damné, et j'aurais été un fourbe abominable ! Pourquoi faire ?
pour être heureux. Pour être heureux, moi ! Est-ce
que j'ai le droit d'être heureux ? je suis hors de
la vie, monsieur.

Jean Valjean s'arrêta. Marius écoutait. De tels
enchaînements d'idées et d'angoisses ne se peuvent interrompre. Jean Valjean baissa la voix de

nouveau, mais ce n'était plus la voix sourde, c'était
la voix sinistre.

— Vous demandez pourquoi je parle? je ne
suis ni dénoncé, ni poursuivi, ni traqué, dites-
vous. Si! je suis dénoncé! si! je suis poursuivi!
si! je suis traqué! Par qui? par moi. C'est moi
qui me barre à moi-même le passage, et je me
traine, et je me pousse, et je m'arrête, et je
m'exécute, et quand on se tient soi-même, on est
bien tenu.

Et, saisissant son propre habit à poigne-main
et le tirant vers Marius :

— Voyez donc ce poing-ci, continua-t-il. Est-ce
que vous ne trouvez pas qu'il tient ce collet-là de
façon à ne pas le lâcher? Eh bien! c'est bien un
autre poignet, la conscience! Il faut, si l'on veut
être heureux, monsieur, ne jamais comprendre le
devoir; car, dès qu'on l'a compris, il est implacable. On dirait qu'il vous punit de le comprendre;
mais non; il vous en récompense; car il vous met
dans un enfer où l'on sent à côté de soi Dieu. On
ne s'est pas si tôt déchiré les entrailles qu'on est
en paix avec soi-même.

Et, avec une accentuation poignante, il ajouta :

— Monsieur Pontmercy, cela n'a pas le sens commun, je suis un honnête homme. C'est en me dégradant à vos yeux que je m'élève aux miens. Ceci m'est déjà arrivé une fois, mais c'était moins douloureux; ce n'était rien. Oui, un honnête homme. Je ne le serais pas si vous aviez, par ma faute, continué de m'estimer; maintenant que vous me méprisez, je le suis. J'ai cette fatalité sur moi que, ne pouvant jamais avoir que de la considération volée, cette considération m'humilie et m'accable intérieurement, et que, pour que je me respecte, il faut qu'on me méprise. Alors je me redresse. Je suis un galérien qui obéit à sa conscience. Je sais bien que cela n'est pas ressemblant. Mais que voulez-vous que j'y fasse? cela est. J'ai pris des engagements envers moi-même; je les tiens. Il y a des rencontres qui nous lient, il y a des hasards qui nous entraînent dans des devoirs. Voyez-vous, monsieur Pontmercy, il m'est arrivé des choses dans ma vie.

Jean Valjean fit encore une pause, avalant sa salive avec effort comme si ses paroles avaient un arrière-goût amer, et il reprit :

— Quand on a une telle horreur sur soi, on n'a

pas le droit de la faire partager aux autres à leur
insu, on n'a pas le droit de leur communiquer sa
peste, on n'a pas le droit de les faire glisser dans
son précipice sans qu'ils s'en aperçoivent, on n'a
pas le droit de laisser traîner sa casaque rouge sur
eux, on n'a pas le droit d'encombrer sournoisement
de sa misère le bonheur d'autrui. S'approcher de
ceux qui sont sains et les toucher dans l'ombre
avec son ulcère invisible, c'est hideux. Fauchelevent a eu beau me prêter son nom, je n'ai pas le
droit de m'en servir; il a pu me le donner, je n'ai
pas pu le prendre. Un nom, c'est un moi. Voyez-
vous, monsieur, j'ai un peu pensé, j'ai un peu lu,
quoique je sois un paysan; et vous voyez que je
m'exprime convenablement. Je me rends compte
des choses. Je me suis fait une éducation à moi.
Eh bien oui, soustraire un nom et se mettre dessous, c'est déshonnête. Des lettres de l'alphabet,
cela s'escroque comme une bourse ou comme une
montre. Être une fausse signature en chair et en
os, être une fausse clef vivante, entrer chez d'honnêtes gens en trichant leur serrure, ne plus jamais
regarder, loucher toujours, être infâme au dedans
de moi, non! non! non! non! Il vaut mieux souf-

frir, saigner, pleurer, s'arracher la peau de la
chair avec les ongles, passer les nuits à se tordre
dans les angoisses, se ronger le ventre et l'âme.
Voilà pourquoi je viens vous raconter tout cela.
De gaieté de cœur, comme vous dites.

Il respira péniblement, et jeta ce dernier mot :

— Pour vivre, autrefois, j'ai volé un pain ;
aujourd'hui, pour vivre, je ne veux pas voler un
nom.

— Pour vivre ! interrompit Marius. Vous n'avez
pas besoin de ce nom pour vivre ?

— Ah ! je m'entends, répondit Jean Valjean, en
levant et en abaissant la tête lentement plusieurs
fois de suite.

Il y eut un silence. Tous deux se taisaient, chacun abîmé dans un gouffre de pensées. Marius
s'était assis près d'une table et appuyait le coin de
sa bouche sur un de ses doigts replié. Jean Valjean allait et venait. Il s'arrêta devant une glace
et demeura sans mouvement. Puis, comme s'il
répondait à un raisonnement intérieur, il dit en
regardant cette glace où il ne se voyait pas :

— Tandis qu'à présent, je suis soulagé !

Il se remit à marcher et alla à l'autre bout du

salon. A l'instant où il se retourna, il s'aperçut que
Marius le regardait marcher. Alors il lui dit avec
un accent inexprimable :

— Je traîne un peu la jambe. Vous comprenez
maintenant pourquoi.

Puis il acheva de se tourner vers Marius :

— Et, maintenant, monsieur, figurez-vous ceci:
Je n'ai rien dit, je suis resté monsieur Fauchelevent, j'ai pris ma place chez vous, je suis des
vôtres, je suis dans ma chambre, je viens déjeuner
le matin en pantoufles, les soirs nous allons au
spectacle tous les trois, j'accompagne madame
Pontmercy aux Tuileries et à la place Royale, nous
sommes ensemble, vous me croyez votre semblable ; un beau jour, je suis là, vous êtes là, nous
causons, nous rions, tout à coup vous entendez
une voix crier ce nom : Jean Valjean! et voilà que
cette main épouvantable, la police, sort de l'ombre
et m'arrache mon masque brusquement !

Il se tut encore ; Marius s'était levé avec un frémissement. Jean Valjean reprit :

— Qu'en dites-vous ?

Le silence de Marius répondait.

Jean Valjean continua :

— Vous voyez bien que j'ai raison de ne pas me taire. Tenez, soyez heureux, soyez dans le ciel, soyez l'ange d'un ange, soyez dans le soleil, et contentez-vous-en, et ne vous inquiétez pas de la manière dont un pauvre damné s'y prend pour s'ouvrir la poitrine et faire son devoir; vous avez un misérable homme devant vous, monsieur.

Marius traversa lentement le salon, et quand il fut près de Jean Valjean, lui tendit la main.

Mais Marius dut aller prendre cette main qui ne se présentait point, Jean Valjean se laissa faire, et il sembla à Marius qu'il étreignait une main de marbre.

— Mon grand-père a des amis, dit Marius; je vous aurai votre grâce.

— C'est inutile, répondit Jean Valjean. On me croit mort, cela suffit. Les morts ne sont pas soumis à la surveillance. Ils sont censés pourrir tranquillement. La mort, c'est la même chose que la grâce.

Et, dégageant sa main que Marius tenait, il ajouta avec une sorte de dignité inexorable :

— D'ailleurs, faire mon devoir, voilà l'ami auquel j'ai recours; et je n'ai besoin que d'une grâce, celle de ma conscience.

En ce moment, à l'autre extrémité du salon, la
porte s'entr'ouvrit doucement et dans l'entre-bâille-
ment la tête de Cosette apparut. On n'apercevait
que son doux visage, elle était admirablement décoiffée, elle avait les paupières encore gonflées de
sommeil. Elle fit le mouvement d'un oiseau qui
passe sa tête hors du nid, regarda d'abord son
mari, puis Jean Valjean, et leur cria en riant, on
croyait voir un sourire au fond d'une rose :

— Parions que vous parlez politique. Comme
c'est bête, au lieu d'être avec moi !

Jean Valjean tressaillit.

— Cosette, balbutia Marius... — Et il s'arrêta.
On eût dit deux coupables.

Cosette, radieuse, continuait de les regarder tous
les deux. Il y avait dans ses yeux comme des
échappées de paradis.

— Je vous prends en flagrant délit, dit Cosette.
Je viens d'entendre à travers la porte mon père
Fauchelevent qui disait : La conscience... — Faire
son devoir... — C'est de la politique, ça. Je ne
veux pas. On ne doit pas parler politique dès le
lendemain. Ce n'est pas juste.

— Tu te trompes, Cosette, répondit Marius.

Nous parlons affaires. Nous parlons du meilleur placement à trouver pour tes six cent mille francs...

— Ce n'est pas tout ça, interrompit Cosette. Je viens. Veut-on de moi ici?

Et, passant résolûment la porte, elle entra dans le salon. Elle était vêtue d'un large peignoir blanc à mille plis et à grandes manches qui, partant du cou, lui tombait jusqu'aux pieds. Il y a dans les ciels d'or des vieux tableaux gothiques, de ces charmants sacs à mettre un ange.

Elle se contempla de la tête aux pieds dans une grande glace, puis s'écria avec une explosion d'extase ineffable :

— Il y avait une fois un roi et une reine. Oh ! comme je suis contente !

Cela dit, elle fit la révérence à Marius et à Jean Valjean.

— Voilà, dit-elle, je vais m'installer près de vous sur un fauteuil, on déjeune dans une demi-heure, vous direz tout ce que vous voudrez, je sais bien qu'il faut que les hommes parlent, je serai bien sage.

Marius lui prit le bras, et lui dit amoureusement :

— Nous parlons affaires.

— A propos, répondit Cosette, j'ai ouvert ma
fenêtre, il vient d'arriver un tas de pierrots dans
le jardin. Des oiseaux, pas des masques. C'est
aujourd'hui mercredi des cendres; mais pas pour
les oiseaux.

— Je te dis que nous parlons affaires, va, ma
petite Cosette, laisse-nous un moment. Nous parlons chiffres. Cela t'ennuierait.

— Tu as mis ce matin une charmante cravate,
Marius. Vous êtes fort coquet, monseigneur. Non,
cela ne m'ennuiera pas.

— Je t'assure que cela t'ennuiera.

— Non. Puisque c'est vous. Je ne vous com-
prendrai pas, mais je vous écouterai. Quand on
entend les voix qu'on aime, on n'a pas besoin de
comprendre les mots qu'elles disent. Être là ensemble, c'est tout ce que je veux. Je reste avec
vous, bah !

— Tu es ma Cosette bien-aimée ! Impossible.

— Impossible !

— Oui.

— C'est bon, reprit Cosette. Je vous aurais dit
des nouvelles. Je vous aurais dit que grand-père

dort encore, que votre tante est à la messe, que la cheminée de la chambre de mon père Fauchelevent fume, que Nicolette a fait venir le ramoneur, que Toussaint et Nicolette se sont déjà disputées, que Nicolette se moque du bégayement de Toussaint. Eh bien, vous ne saurez rien. Ah! c'est impossible? moi aussi, à mon tour, vous verrez, monsieur, je dirai: c'est impossible. Qui est-ce qui sera attrapé? Je t'en prie, mon petit Marius, laisse-moi ici avec vous deux.

— Je te jure qu'il faut que nous soyons seuls.

— Eh bien, est-ce que je suis quelqu'un?

Jean Valjean ne prononçait pas une parole. Cosette se tourna vers lui :

— D'abord, père, vous, je veux que vous veniez m'embrasser. Qu'est-ce que vous faites là à ne rien dire au lieu de prendre mon parti? qu'est-ce qui m'a donné un père comme ça? Vous voyez bien que je suis très-malheureuse en ménage. Mon mari me bat. Allons, embrassez-moi tout de suite.

Jean Valjean s'approcha.

Cosette se tourna vers Marius.

— Vous, je vous fais la grimace.

Puis elle tendit son front à Jean Valjean.

Jean Valjean fit un pas vers elle.

Cosette recula.

— Père, vous êtes pâle. Est-ce que votre bras vous fait mal?

— Il est guéri, dit Jean Valjean.

— Est-ce que vous avez mal dormi?

— Non.

— Est-ce que vous êtes triste?

— Non.

— Embrassez-moi. Si vous vous portez bien, si vous dormez bien, si vous êtes content, je ne vous gronderai pas.

Et de nouveau elle lui tendit son front.

Jean Valjean déposa un baiser sur ce front où il y avait un reflet céleste.

— Souriez.

Jean Valjean obéit. Ce fut le sourire d'un spectre.

— Maintenant défendez-moi contre mon mari.

— Cosette !... fit Marius.

— Fâchez-vous, père. Dites-lui qu'il faut que je reste. On peut bien parler devant moi. Vous me trouvez donc bien sotte. C'est donc bien étonnant ce que vous dites! des affaires, placer de l'argent à une banque, voilà grand'chose. Les hommes font les mystérieux pour rien. Je veux rester. Je suis très-jolie ce matin. Regarde-moi, Marius.

Et avec un haussement d'épaules adorable et on ne sait quelle bouderie exquise, elle regarda Marius. Il y eut comme un éclair entre ces deux êtres. Que quelqu'un fût là, peu importait :

— Je t'aime ! dit Marius.

— Je t'adore ! dit Cosette.

Et ils tombèrent irrésistiblement dans les bras l'un de l'autre.

— A présent, reprit Cosette en rajustant un pli de son peignoir avec une petite moue triomphante, je reste.

— Cela, non, répondit Marius d'un ton suppliant. Nous avons quelque chose à terminer.

— Encore non ?

Marius prit une inflexion de voix grave :

— Je t'assure, Cosette, que c'est impossible.

— Ah ! vous faites votre voix d'homme, monsieur. C'est bon, on s'en va. Vous, père, vous ne m'avez pas soutenue. Monsieur mon mari, monsieur mon papa, vous êtes des tyrans. Je vais le dire à grand-père. Si vous croyez que je vais revenir et vous faire des platitudes, vous vous trom-

pez. Je suis fière. Je vous attends à présent. Vous
allez voir que c'est vous qui allez vous ennuyer
sans moi. Je m'en vais, c'est bien fait.

Et elle sortit.

Deux secondes après, la porte se rouvrit, sa
fraîche tête vermeille passa encore une fois entre
les deux battants, et elle leur cria :

— Je suis très en colère.

La porte se referma et les ténèbres se refirent.

Ce fut comme un rayon de soleil fourvoyé qui,
sans s'en douter, aurait traversé brusquement de
la nuit.

Marius s'assura que la porte était bien refer-
mée.

— Pauvre Cosette ! murmura-t-il, quand elle
va savoir...

A ce mot, Jean Valjean trembla de tous ses
membres. Il fixa sur Marius un œil égaré.

— Cosette ! oh oui, c'est vrai, vous allez dire
cela à Cosette. C'est juste. Tiens, je n'y avais pas
pensé. On a de la force pour une chose, on n'en a
pas pour une autre. Monsieur, je vous en conjure,
je vous en supplie, monsieur, donnez-moi votre
parole la plus sacrée, ne le lui dites pas. Est-ce

qu'il ne suffit pas que vous le sachiez, vous? j'ai pu le dire de moi-même sans y être forcé, je l'aurais dit à l'univers, à tout le monde, ça m'était égal. Mais elle, elle ne sait ce pas que c'est, cela l'épouvanterait. Un forçat, quoi! on serait forcé de lui expliquer, de lui dire : C'est un homme qui a été aux galères. Elle a vu un jour passer la chaîne. Oh mon Dieu!

Il s'affaissa sur un fauteuil et cacha son visage dans ses deux mains. On ne l'entendait pas, mais aux secousses de ses épaules, on voyait qu'il pleurait. Pleurs silencieux, pleurs terribles.

Il y a de l'étouffement dans le sanglot. Une sorte de convulsion le prit, il se renversa en arrière sur le dossier du fauteuil comme pour respirer, laissant pendre ses bras et laissant voir à Marius sa face inondée de larmes, et Marius l'entendit murmurer si bas que sa voix semblait être dans une profondeur sans fond : — Oh! je voudrais mourir!

— Soyez tranquille, dit Marius, je garderai votre secret pour moi seul.

Et, moins attendri peut-être qu'il n'aurait dû l'être, mais, obligé depuis une heure de se fami-

liariser avec un inattendu effroyable, voyant par
degrés un forçat se superposer sous ses yeux à
M. Fauchelevent, gagné peu à peu par cette réalité lugubre, et amené par la pente naturelle de la
situation à constater l'intervalle qui venait de se
faire entre cet homme et lui, Marius ajouta :

— Il est impossible que je ne vous dise pas un
mot du dépôt que vous avez si fidèlement et si
honnêtement remis. C'est là un acte de probité. Il
est juste qu'une récompense vous soit donnée.
Fixez la somme vous-même, elle vous sera comptée.
Ne craignez pas de la fixer très-haut.

— Je vous en remercie, monsieur, répondit Jean
Valjean avec douceur.

Il resta pensif un moment, passant machinalement le bout de son index sur l'ongle de son pouce,
puis il éleva la voix :

— Tout est à peu près fini. Il me reste une dernière chose...

— Laquelle ?

Jean Valjean eut comme une suprême hésitation,
et, sans voix, presque sans souffle, il balbutia plus
qu'il ne dit :

— A présent que vous savez, croyez-vous, mon-

sieur, vous qui êtes le maître, que je ne dois plus
voir Cosette?

— Je crois que ce serait mieux, répondit froide-
ment Marius.

— Je ne la verrai plus, murmura Jean Valjean.
Et il se dirigea vers la porte.

Il mit la main sur le bec-de-cane, le pêne céda,
la porte s'entre-bâilla, Jean Valjean l'ouvrit assez
pour pouvoir passer, demeura une seconde immobile, puis referma la porte et se retourna vers
Marius.

Il n'était plus pâle, il était livide. Il n'y avait
plus de larmes dans ses yeux, mais une sorte de
flamme tragique. Sa voix était redevenue étrange-
ment calme.

— Tenez, monsieur, dit-il, si vous voulez, je
viendrai la voir. Je vous assure que je le désire
beaucoup. Si je n'avais pas tenu à voir Cosette, je
ne vous aurais pas fait l'aveu que je vous ai fait,
je serais parti; mais voulant rester dans l'endroit
où est Cosette et continuer de la voir, j'ai dû honnêtement tout vous dire. Vous suivez mon raisonnement, n'est-ce pas? c'est là une chose qui se
comprend. Voyez-vous, il y a neuf ans passés que

je l'ai près de moi. Nous avons demeuré d'abord
dans cette masure du boulevard, ensuite dans le
couvent, ensuite près du Luxembourg. C'est là que
vous l'avez vue pour la première fois. Vous vous
rappelez son chapeau de peluche bleue. Nous avons
été ensuite dans le quartier des Invalides où il y
avait une grille et un jardin. Rue Plumet. J'habi-
tais une petite arrière-cour d'où j'entendais son
piano. Voilà ma vie. Nous ne nous quittions jamais. Cela a duré neuf ans et des mois. J'étais
comme son père, et elle était mon enfant. Je ne
sais pas si vous me comprenez, monsieur Pontmercy, mais s'en aller à présent, ne plus la voir,
ne plus lui parler, n'avoir plus rien, ce serait difficile. Si vous ne le trouvez pas mauvais, je viendrai de temps en temps voir Cosette. Je ne vien-
drais pas souvent. Je ne resterais pas longtemps.
Vous diriez qu'on me reçoive dans la petite salle
basse. Au rez-de-chaussée. J'entrerais bien par la
porte de derrière, qui est pour les domestiques,
mais cela étonnerait peut-être. Il vaut mieux, je
crois, que j'entre par la porte de tout le monde.
Monsieur, vraiment. Je voudrais bien voir encore
un peu Cosette. Aussi rarement qu'il vous plaira.

Mettez-vous à ma place, je n'ai plus que cela. Et puis, il faut prendre garde. Si je ne venais plus du tout, il y aurait un mauvais effet, on trouverait cela singulier. Par exemple, ce que je puis faire, c'est de venir le soir, quand il commence à être nuit.

— Vous viendrez tous les soirs, dit Marius, et Cosette vous attendra.

— Vous êtes bon, monsieur, dit Jean Valjean.

Marius salua Jean Valjean, le bonheur reconduisit jusqu'à la porte le désespoir, et ces deux hommes se quittèrent.

II

LES OBSCURITÉS QUE PEUT CONTENIR
UNE RÉVÉLATION

Marius était bouleversé.

L'espèce d'éloignement qu'il avait toujours eu
pour l'homme près duquel il voyait Cosette lui
était désormais expliqué. Il y avait dans ce personnage un on ne sait quoi énigmatique dont son
instinct l'avertissait. Cette énigme, c'était la plus
hideuse des hontes, le bagne. Ce M. Fauchelevent
était le forçat Jean Valjean.

Trouver brusquement un tel secret au milieu de son bonheur, cela ressemble à la découverte d'un scorpion dans un nid de tourterelles.

Le bonheur de Marius et de Cosette était-il condamné désormais à ce voisinage? Était-ce là un fait accompli? L'acceptation de cet homme faisait-elle partie du mariage consommé? N'y avait-il plus rien à faire?

Marius avait-il épousé aussi le forçat?

On a beau être couronné de lumière et de joie, on a beau savourer la grande heure de pourpre de la vie, l'amour heureux, de telles secousses forceraient même l'archange dans son extase, même le demi-dieu dans sa gloire, au frémissement.

Comme il arrive toujours dans les changements à vue de cette espèce, Marius se demandait s'il n'avait pas de reproche à se faire à lui-même? Avait-il manqué de divination? Avait-il manqué de prudence? S'était-il étourdi involontairement? Un peu, peut-être. S'était-il engagé, sans assez de précaution pour éclairer les alentours, dans cette aventure d'amour qui avait abouti à son mariage avec Cosette? Il constatait, — c'est ainsi, par une suite de constatations successives de nous-mêmes

sur nous-mêmes, que la vie nous amende peu à
peu, — il constatait le côté chimérique et vision-
naire de sa nature, sorte de nuage intérieur propre
à beaucoup d'organisations, et qui, dans les paroxysmes de la passion et de la douleur, se dilate,
la température de l'âme changeant, et envahit
l'homme tout entier, au point de n'en plus faire
qu'une conscience baignée d'un brouillard. Nous
avons plus d'une fois indiqué cet élément caractéristique de l'individualité de Marius. Il se rappelait que, dans l'enivrement de son amour, rue
Plumet, pendant ces six ou sept semaines exta-
tiques, il n'avait pas même parlé à Cosette de ce
drame du bouge Gorbeau où la victime avait eu
un si étrange parti pris de silence pendant la lutte
et d'évasion après. Comment se faisait-il qu'il n'en
eût point parlé à Cosette? Cela pourtant était si
proche et si effroyable? Comment se faisait-il qu'il
ne lui eût pas même nommé les Thénardier, et,
particulièrement, le jour où il avait rencontré
Éponine? Il avait presque peine à s'expliquer
maintenant son silence d'alors. Il s'en rendait
compte cependant. Il se rappelait son étourdissement, son ivresse de Cosette, l'amour absorbant

tout, cet enlèvement de l'un par l'autre dans l'idéal, et peut-être aussi, comme la quantité imperceptible de raison mêlée à cet état violent et charmant de l'âme, un vague et sourd instinct de cacher et d'abolir dans sa mémoire cette aventure redoutable dont il craignait le contact, où il ne voulait jouer aucun rôle, à laquelle il se dérobait, et où il ne pouvait être narrateur ni témoin sans être accusateur. D'ailleurs, ces quelques semaines avaient été un éclair; on n'avait eu le temps de rien, que de s'aimer. Enfin, tout pesé, tout retourné, tout examiné, quand il eût raconté le guet-apens Gorbeau à Cosette, quand il lui eût nommé les Thénardier, quelles qu'eussent été les conséquences, quand même il eût découvert que Jean Valjean était un forçat, cela l'eût-il changé, lui Marius? cela l'eût-il changée, elle Cosette? Eût-il reculé? L'eût-il moins adorée? L'eût-il moins épousée? Non. Cela eût-il changé quelque chose à ce qui s'était fait? Non. Rien donc à regretter, rien à se reprocher. Tout était bien. Il y a un Dieu pour ces ivrognes qu'on appelle les amoureux. Aveugle, Marius avait suivi la route qu'il eût choisie clairvoyant. L'amour lui avait bandé les yeux, pour le mener où ? Au paradis.

Mais ce paradis était compliqué désormais d'un côtoiement infernal.

L'ancien éloignement de Marius pour cet homme, pour ce Fauchelevent devenu Jean Valjean, était à présent mêlé d'horreur.

Dans cette horreur, disons-le, il y avait quelque pitié, et même une certaine surprise.

Ce voleur, ce voleur récidiviste, avait restitué un dépôt. Et quel dépôt ? Six cent mille francs. Il était seul dans le secret du dépôt. Il pouvait tout garder, il avait tout rendu.

En outre, il avait révélé de lui-même sa situation. Rien ne l'y obligeait. Si l'on savait qui il était, c'était par lui. Il y avait dans cet aveu plus que l'acceptation de l'humiliation, il y avait l'acceptation du péril. Pour un condamné, un masque n'est pas un masque, c'est un abri. Il avait renoncé à cet abri. Un faux nom, c'est de la sécurité ; il avait rejeté ce faux nom. Il pouvait, lui galérien, se cacher à jamais dans une famille honnête ; il avait résisté à cette tentation. Et pour quel motif ? par scrupule de conscience. Il l'avait expliqué lui-même avec l'irrésistible accent de la réalité. En somme, quel que fût ce Jean Valjean, c'était incontestablement une conscience qui se réveillait. Il y avait là on ne sait quelle mystérieuse réhabilitation commencée ; et, selon toute apparence, depuis longtemps déjà le scrupule était maître de cet homme. De tels accès du juste et du bien ne sont pas propres aux natures vulgaires. Réveil de conscience, c'est grandeur d'âme.

Jean Valjean était sincère. Cette sincérité, visible, palpable, irréfragable, évidente même par la douleur qu'elle lui faisait, rendait les informations inutiles et donnait autorité à tout ce que disait cet homme. Ici, pour Marius, interversion étrange des situations. Que sortait-il de M. Fauchelevent ? la défiance. Que se dégageait-il de Jean Valjean ? la confiance.

Dans le mystérieux bilan de ce Jean Valjean que Marius pensif dressait, il constatait l'actif, il constatait le passif, et il tâchait d'arriver à une balance. Mais tout cela était comme dans un orage. Marius, s'efforçant de se faire une idée nette de cet homme, et poursuivant, pour ainsi dire, Jean Valjean au fond de sa pensée, le perdait et le retrouvait dans une brume fatale.

Le dépôt honnêtement rendu, la probité de l'aveu, c'était bien. Cela faisait comme une éclaircie dans la nuée, puis la nuée redevenait noire.

Si troubles que fussent les souvenirs de Marius, il lui en revenait quelque ombre.

Qu'était-ce décidément que cette aventure du galetas Jondrette ? Pourquoi, à l'arrivée de la police, cet homme, au lieu de se plaindre, s'était-il évadé ? Ici Marius trouvait la réponse. Parce que cet homme était un repris de justice en rupture de ban.

Autre question : Pourquoi cet homme était-il venu dans la barricade ? Car à présent Marius revoyait distinctement ce souvenir, reparu dans ces émotions comme l'encre sympathique au feu. Cet homme était dans la barricade. Il n'y combattait pas. Qu'était-il venu y faire ? Devant cette question un spectre se dressait, et faisait la réponse. Javert. Marius se rappelait parfaitement à cette heure la funèbre vision de Jean Valjean entraînant hors de la barricade Javert garrotté, et il entendait encore derrière l'angle de la petite rue Mondétour l'affreux coup de pistolet. Il y avait, vraisemblablement, haine entre cet espion et ce galérien. L'un gênait l'autre. Jean Valjean était allé à la

barricade pour se venger. Il y était arrivé tard.
Il savait probablement que Javert y était pri-
sonnier. La vendette corse a pénétré dans de
certains bas-fonds et y fait loi ; elle est si simple
qu'elle n'étonne pas les âmes à demi retournées
vers le bien ; et ces cœurs-là sont ainsi faits qu'un
criminel, en voie de repentir, peut être scrupuleux
sur le vol et ne l'être pas sur la vengeance. Jean
Valjean avait tué Javert. Du moins, cela semblait
évident.

Dernière question enfin ; mais à celle-ci pas de
réponse. Cette question, Marius la sentait comme
une tenaille. Comment se faisait-il que l'existence
de Jean Valjean eût coudoyé si longtemps celle de
Cosette? Qu'était-ce que ce sombre jeu de la providence qui avait mis cet enfant en contact avec
cet homme? Y a-t-il donc aussi des chaînes à deux
forgées là-haut, et Dieu se plaît-il à accoupler
l'ange avec le démon? Un crime et une innocence
peuvent donc être camarades de chambrée dans le
mystérieux bagne des misères? Dans ce défilé de
condamnés qu'on appelle la destinée humaine,
deux fronts peuvent passer l'un près de l'autre,
l'un naïf, l'autre formidable, l'un tout baigné des

divines blancheurs de l'aube, l'autre à jamais
blêmi par la lueur d'un éternel éclair? Qui avait
pu déterminer cet appareillement inexplicable?
De quelle façon, par suite de quel prodige, la
communauté de vie avait-elle pu s'établir entre
cette céleste petite et ce vieux damné? Qui avait
pu lier l'agneau au loup, et, chose plus incom-
préhensible encore, attacher le loup à l'agneau?
Car le loup aimait l'agneau, car l'être farouche
adorait l'être faible, car, pendant neuf années,
l'ange avait eu pour point d'appui le monstre.
L'enfance et l'adolescence de Cosette, sa venue au
jour, sa virginale croissance vers la vie et la lumière, avaient été abritées par ce dévouement difforme. Ici, les questions s'exfoliaient, pour ainsi
parler, en énigmes innombrables, les abîmes s'ouvraient au fond des abîmes, et Marius ne pouvait
plus se pencher sur Jean Valjean sans vertige.
Qu'était-ce donc que cet homme précipice?

Les vieux symboles génésiaques sont éternels;
dans la société humaine, telle qu'elle existe, jusqu'au jour où une clarté plus grande la changera,
il y a à jamais deux hommes, l'un supérieur,
l'autre souterrain; celui qui est selon le bien, c'est

Abel; celui qui est selon le mal, c'est Caïn. Qu'é-
tait-ce que ce Caïn tendre? Qu'était-ce que ce
bandit religieusement absorbé dans l'adoration
d'une vierge, veillant sur elle, l'élevant, la gardant, la dignifiant et l'enveloppant, lui impur, de
pureté? Qu'était-ce que ce cloaque qui avait vénéré
cette innocence au point de ne pas lui laisser une
tache? Qu'était-ce que ce Jean Valjean faisant
l'éducation de Cosette? Qu'était-ce que cette
figure de ténèbres ayant pour unique soin de préserver de toute ombre et de tout nuage le lever
d'un astre?

Là était le secret de Jean Valjean; là aussi était
le secret de Dieu.

Devant ce double secret, Marius reculait. L'un
en quelque sorte le rassurait sur l'autre. Dieu était
dans cette aventure aussi visible que Jean Valjean.
Dieu a ses instruments. Il se sert de l'outil qu'il
veut. Il n'est pas responsable devant l'homme.
Savons-nous comment Dieu s'y prend? Jean Valjean avait travaillé à Cosette. Il avait un peu fait
cette âme. C'était incontestable. Eh bien, après?
L'ouvrier était horrible; mais l'œuvre était admirable. Dieu produit ses miracles comme bon lui

semble. Il avait construit cette charmante Cosette,
et il y avait employé Jean Valjean. Il lui avait
plu de se choisir cet étrange collaborateur. Quel
compte avons-nous à lui demander? Est-ce la première fois que le fumier aide le printemps à faire
la rose?

Marius se faisait ces réponses-là et se déclarait
à lui-même qu'elles étaient bonnes. Sur tous les
points que nous venons d'indiquer, il n'avait pas
osé presser Jean Valjean, sans s'avouer à lui-
même qu'il ne l'osait pas. Il adorait Cosette, il
possédait Cosette, Cosette était splendidement
pure. Cela lui suffisait. De quel éclaircissement
avait-il besoin? Cosette était une lumière. La lumière a-t-elle besoin d'être éclaircie? Il avait tout;
que pouvait-il désirer? Tout, est-ce que ce n'est
pas assez? Les affaires personnelles de Jean Valjean ne le regardaient pas. En se penchant sur
l'ombre fatale de cet homme, il se cramponnait à
cette déclaration solennelle du misérable : *Je ne
suis rien à Cosette. Il y a dix ans, je ne savais pas
qu'elle existât.*

Jean Valjean était un passant. Il l'avait dit lui-
même. Eh bien, il passait. Quel qu'il fût, son rôle

était fini. Il y avait désormais Marius pour faire
les fonctions de la providence près de Cosette.
Cosette était venue retrouver dans l'azur son pareil, son amant, son époux, son mâle céleste. En
s'envolant, Cosette, ailée et transfigurée, laissait
derrière elle à terre, vide et hideuse, sa chrysalide, Jean Valjean.

Dans quelque cercle d'idées que tournât Marius,
il en revenait toujours à une certaine horreur de
Jean Valjean. Horreur sacrée peut-être, car, nous
venons de l'indiquer, il sentait un *quid divinum*
dans cet homme. Mais, quoi qu'on fît, et quelque
atténuation qu'on y cherchât, il fallait bien toujours retomber sur ceci : c'était un forçat; c'est-à-
dire, l'être qui, dans l'échelle sociale, n'a même
pas de place, étant au-dessous du dernier échelon.
Après le dernier des hommes, vient le forçat. Le
forçat n'est plus, pour ainsi dire, le semblable des
vivants. La loi l'a destitué de toute la quantité
d'humanité qu'elle peut ôter à un homme. Marius,
sur les questions pénales, en était encore, quoique
démocrate, au système inexorable, et il avait, sur
ceux que la loi frappe, toutes les idées de la loi. Il
n'avait pas encore accompli, disons-le, tous les

progrès. Il n'en était pas encore à distinguer entre
ce qui est écrit par l'homme et ce qui est écrit par
Dieu, entre la loi et le droit. Il n'avait point examiné et pesé le droit que prend l'homme de dis-
poser de l'irrévocable et de l'irréparable. Il n'était
pas révolté du mot *vindicte*. Il trouvait simple que
de certaines effractions de la loi écrite fussent
suivies de peines éternelles, et il acceptait, comme
procédé de civilisation, la damnation sociale. Il en
était encore là, sauf à avancer infailliblement plus
tard, sa nature étant bonne, et au fond toute faite
de progrès latent.

Dans ce milieu d'idées, Jean Valjean lui apparaissait difforme et repoussant. C'était le ré-
prouvé. C'était le forçat. Ce mot était pour lui
comme un son de la trompette du jugement; et,
après avoir considéré longtemps Jean Valjean,
son dernier geste était de détourner la tête. *Vade
retro.*

Marius, il faut le reconnaître et même y insister,
tout en interrogeant Jean Valjean au point que
Jean Valjean lui avait dit : *vous me confessez*, ne
lui avait pourtant pas fait deux ou trois questions
décisives. Ce n'était pas qu'elles ne se fussent pré-

sentées à son esprit, mais il en avait eu peur. Le
galetas Jondrette? La barricade? Javert? Qui sait
où se fussent arrêtées les révélations? Jean Valjean
ne semblait pas homme à reculer, et qui sait si
Marius, après l'avoir poussé, n'aurait pas souhaité
le retenir? Dans de certaines conjonctures suprêmes,
ne nous est-il pas arrivé à tous, après avoir fait
une question, de nous boucher les oreilles pour ne
pas entendre la réponse? C'est surtout quand on
aime qu'on a de ces lâchetés-là. Il n'est pas sage
de questionner à outrance les situations sinistres,
surtout quand le côté indissoluble de notre propre
vie y est fatalement mêlé. Des exp'ications déses-
pérées de Jean Valjean, quelque épouvantable lumière pouvait sortir, et qui sait si cette clarté
hideuse n'aurait pas rejailli jusqu'à Cosette? Qui
sait s'il n'en fût pas resté une sorte de lueur infer-
nale sur le front de cet ange? L'éclaboussure d'un
éclair, c'est encore de la foudre. La fatalité a de
ces solidarités-là, où l'innocence elle-même s'em-
preint de crime par la sombre loi des reflets
colorants. Les plus pures figures peuvent garder à jamais la réverbération d'un voisinage horrible. A tort ou à raison, Marius avait eu peur.

Il en savait déjà trop. Il cherchait plutôt à s'é-
tourdir qu'à s'éclairer. Éperdu, il emportait Cosette dans ses bras en fermant les yeux sur Jean
Valjean.

Cet homme était de la nuit, de la nuit vivante et
terrible. Comment oser en chercher le fond? C'est
une épouvante de questionner l'ombre. Qui sait ce
qu'elle va répondre? L'aube pourrait en être noir-
cie pour jamais.

Dans cette situation d'esprit, c'était pour Marius
une perplexité poignante de penser que cet homme
aurait désormais un contact quelconque avec Cosette. Ces questions redoutables, devant lesquelles
il avait reculé, et d'où aurait pu sortir une décision implacable et définitive, il se reprochait presque à présent de ne pas les avoir faites. Il se
trouvait trop bon, trop doux, disons le mot, trop
faible. Cette faiblesse l'avait entraîné à une concession imprudente. Il s'était laissé toucher. Il
avait eu tort. Il aurait dû purement et simplement
rejeter Jean Valjean. Jean Valjean était la part du
feu, il aurait dû la faire, et débarrasser sa maison
de cet homme. Il s'en voulait, il en voulait à la
brusquerie de ce tourbillon d'émotions qui l'avait

assourdi, aveuglé, et entraîné. Il était mécontent de lui-même.

Que faire maintenant? Les visites de Jean Valjean lui répugnaient profondément. A quoi bon cet homme chez lui? que faire? Ici il s'étourdissait, il ne voulait pas creuser, il ne voulait pas approfondir; il ne voulait pas se sonder lui-même. Il avait promis, il s'était laissé entraîner à promettre; Jean Valjean avait sa promesse; même à un forçat, surtout à un forçat, on doit tenir sa parole. Toutefois, son premier devoir était envers Cosette. En somme, une répulsion, qui dominait tout, le soulevait.

Marius roulait confusément tout cet ensemble d'idées dans son esprit, passant de l'une à l'autre, et remué par toutes. De là un trouble profond. Il ne lui fut pas aisé de cacher ce trouble à Cosette, mais l'amour est un talent, et Marius y parvint.

Du reste, il fit, sans but apparent, des questions à Cosette, candide comme une colombe est blanche, et ne se doutant de rien; il lui parla de son enfance et de sa jeunesse, et il se convainquit de plus en plus que tout ce qu'un homme peut être de bon, de paternel et de respectable, ce forçat l'avait été pour Cosette. Tout ce que Marius avait entrevu et supposé était réel. Cette ortie sinistre avait aimé et protégé ce lys.

LIVRE HUITIÈME

LA DÉCROISSANCE CRÉPUSCULAIRE

I

LA CHAMBRE D'EN BAS

Le lendemain, à la nuit tombante, Jean Valjean frappait à la porte cochère de la maison Gillenormand. Ce fut Basque qui le reçut. Basque se trouvait dans la cour à point nommé, et comme s'il avait eu des ordres. Il arrive quelquefois qu'on dit à un domestique : Vous guetterez monsieur un tel, quand il arrivera.

Basque, sans attendre que Jean Valjean vînt à
lui, lui adressa la parole :

— Monsieur le baron m'a chargé de demander
à monsieur s'il désire monter ou rester en bas?

— Rester en bas, répondit Jean Valjean.

Basque, d'ailleurs absolument respectueux, ouvrit la porte de la salle basse et dit : Je vais pré-
venir madame.

La pièce où Jean Valjean entra était un rez-de-
chaussée voûté et humide, servant de cellier dans
l'occasion, donnant sur la rue, carrelé de carreaux
rouges, et mal éclairé d'une fenêtre à barreaux de fer.

Cette chambre n'était pas de celles que harcè-
lent le houssoir, la tête de loup et le balai. La
poussière y était tranquille. La persécution des
araignées n'y était pas organisée. Une belle toile,
largement étalée, bien noire, ornée de mouches
mortes, faisait la roue sur une des vitres de la
fenêtre. La salle, petite et basse, était meublée
d'un tas de bouteilles vides amoncelées dans un
coin. La muraille, badigeonnée d'un badigeon
d'ocre jaune, s'écaillait par larges plaques. Au
fond, il y avait une cheminée de bois peinte en
noir à tablette étroite. Un feu y était allumé; ce

qui indiquait qu'on avait compté sur la réponse de
Jean Valjean : *Rester en bas.*

Deux fauteuils étaient placés aux deux coins de
la cheminée. Entre les fauteuils était étendue, en
guise de tapis, une vieille descente de lit montrant
plus de corde que de laine.

La chambre avait pour éclairage le feu de la cheminée et le crépuscule de la fenêtre.

Jean Valjean était fatigué. Depuis plusieurs jours
il ne mangeait ni ne dormait. Il se laissa tomber
sur un des fauteuils.

Basque revint, posa sur la cheminée une bougie
allumée et se retira. Jean Valjean, la tête ployée et
le menton sur la poitrine, n'aperçut ni Basque, ni
la bougie.

Tout à coup, il se dressa comme en sursaut. Cosette était derrière lui.

Il ne l'avait pas vue entrer, mais il avait senti
qu'elle entrait.

Il se retourna. Il la contempla. Elle était adora-
blement belle. Mais ce qu'il regardait de ce profond regard, ce n'était pas la beauté, c'était l'âme.

— Ah bien, s'écria Cosette, père, je savais que
vous étiez singulier, mais jamais je ne me serais

attendue à celle-là. Voilà une idée! Marius me dit
que c'est vous qui voulez que je vous reçoive ici.

— Oui, c'est moi.

— Je m'attendais à la réponse. Bien. Je vous
préviens que je vais vous faire une scène. Com-
mençons par le commencement. Père, embrassez-
moi.

Et elle tendit sa joue.

Jean Valjean demeura immobile.

— Vous ne bougez pas. Je le constate. Attitude
de coupable. Mais c'est égal, je vous pardonne.
Jésus-Christ a dit : Tendez l'autre joue. La voici.

Et elle tendit l'autre joue.

Jean Valjean ne remua pas. Il semblait qu'il eût
les pieds cloués dans le pavé.

— Ceci devient sérieux, dit Cosette. Qu'est-ce
que je vous ai fait? Je me déclare brouillée. Vous
me devez mon raccommodement. Vous dînez avec
nous.

— J'ai dîné.

— Ce n'est pas vrai. Je vous ferai gronder par
monsieur Gillenormand. Les grands-pères sont faits
pour tancer les pères. Allons. Montez avec moi dans
le salon. Tout de suite.

— Impossible.

Cosette ici perdit un peu de terrain. Elle cessa d'ordonner et passa aux questions.

— Mais pourquoi? et vous choisissez pour me voir la chambre la plus laide de la maison. C'est horrible ici.

— Tu sais...

Jean Valjean se reprit.

— Vous savez, madame, je suis particulier, j'ai mes lubies.

Cosette frappa ses petites mains l'une contre l'autre.

— Madame!... vous savez!... encore du nouveau! Qu'est-ce que cela veut dire?

Jean Valjean attacha sur elle ce sourire navrant auquel il avait parfois recours :

— Vous avez voulu être madame. Vous l'êtes.

— Pas pour vous, père.

— Ne m'appelez plus père.

— Comment?

— Appelez-moi monsieur Jean. Jean, si vous voulez.

— Vous n'êtes plus père? je ne suis plus Cosette? monsieur Jean? Qu'est-ce que cela signifie?

mais c'est des révolutions, ça? que s'est-il donc
passé? regardez-moi donc un peu en face. Et vous
ne voulez pas demeurer avec nous! Et vous ne voulez pas de ma chambre! Qu'est-ce que je vous ai
fait? qu'est-ce que je vous ai fait? Il y a donc eu
quelque chose?

— Rien.

— Eh bien alors?

— Tout est comme à l'ordinaire.

— Pourquoi changez-vous de nom?

— Vous en avez bien changé, vous.

Il sourit encore de ce même sourire et ajouta :

— Puisque vous êtes madame Pontmercy, je
puis bien être monsieur Jean.

— Je n'y comprends rien. Tout cela est idiot. Je
demanderai à mon mari la permission que vous
soyez monsieur Jean. J'espère qu'il n'y consentira
pas. Vous me faites beaucoup de peine. On a des
lubies, mais on ne fait pas du chagrin à sa petite
Cosette. C'est mal. Vous n'avez pas le droit d'être
méchant, vous qui êtes bon.

Il ne répondit pas.

Elle lui prit vivement les deux mains, et, d'un
mouvement irrésistible, les élevant vers son visage,

elle les pressa contre son cou sous son menton, ce qui est un profond geste de tendresse.

— Oh! lui dit-elle, soyez bon!

Et elle poursuivit :

— Voici ce que j'appelle être bon : être gentil, venir demeurer ici, il y a des oiseaux ici comme rue Plumet, vivre avec nous, quitter ce trou de la rue de l'Homme-Armé, ne pas nous donner des charades à deviner, être comme tout le monde, dîner avec nous, déjeuner avec nous, être mon père.

Il dégagea ses mains.

— Vous n'avez plus besoin de père, vous avez un mari.

Cosette s'emporta.

— Je n'ai plus besoin de père! Des choses comme ça qui n'ont pas le sens commun, on ne sait que dire vraiment!

— Si Toussaint était là, reprit Jean Valjean comme quelqu'un qui en est à chercher des autorités et qui se rattache à toutes les branches, elle serait la première à convenir que c'est vrai que j'ai toujours eu mes manières à moi. Il n'y a rien de nouveau. J'ai toujours aimé mon coin noir.

— Mais il fait froid ici. On n'y voit pas clair.
C'est abominable, ça, de vouloir être monsieur
Jean. Je ne veux pas que vous me disiez vous.

— Tout à l'heure, en venant, répondit Jean Valjean, j'ai vu rue Saint-Louis un meuble. Chez un
ébéniste. Si j'étais une jolie femme, je me donnerais ce meuble-là. Une toilette très-bien ; genre
d'à présent. Ce que vous appelez du bois de rose,
je crois. C'est incrusté. Une glace assez grande. Il
y a des tiroirs. C'est joli.

— Hou ! le vilain ours ! répliqua Cosette.

Et avec une gentillesse suprême, serrant les
dents et écartant les lèvres, elle souffla contre Jean
Valjean. C'était une Grâce copiant une chatte.

— Je suis furieuse, reprit-elle. Depuis hier vous
me faites tous rager. Je bisque beaucoup. Je ne
comprends pas. Vous ne me défendez pas contre
Marius, Marius ne me soutient pas contre vous, je
suis toute seule. J'arrange une chambre genti-
ment. Si j'avais pu y mettre le bon Dieu, je l'y
aurais mis. On me laisse ma chambre sur les
bras. Mon locataire me fait banqueroute. Je com-
mande à Nicolette un bon petit dîner. On n'en
veut pas de votre dîner, madame. Et mon père

Fauchelevent veut que je l'appelle monsieur Jean,
et que je le reçoive dans une affreuse vieille laide
cave moisie où les murs ont de la barbe, et où il
y a, en fait de cristaux, des bouteilles vides, et en
fait de rideaux, des toiles d'araignées ! Vous êtes
singulier, j'y consens, c'est votre genre, mais on
accorde une trève à des gens qui se marient. Vous
n'auriez pas dû vous remettre à être singulier tout
de suite. Vous allez donc être bien content dans
votre abominable rue de l'Homme-Armé. J'y ai
été bien désespérée, moi! Qu'est-ce que vous
avez contre moi? Vous me faites beaucoup de
peine. Fi!

Et, sérieuse subitement, elle regarda fixement
Jean Valjean, et ajouta :

— Vous m'en voulez donc de ce que je suis
heureuse!

La naïveté, à son insu, pénètre quelquefois très-
avant. Cette question, simple pour Cosette, était
profonde pour Jean Valjean. Cosette voulait égra-
tigner ; elle déchirait.

Jean Valjean pâlit. Il resta un moment sans répondre, puis, d'un accent inexprimable et se parlant à lui-même, il murmura :

— Son bonheur, c'était le but de ma vie. A présent Dieu peut me signer ma sortie. Cosette, tu es heureuse ; mon temps est fait.

— Ah ! vous m'avez dit *tu !* s'écria Cosette.

Et elle lui sauta au cou.

Jean Valjean, éperdu, l'étreignit contre sa poitrine avec égarement. Il lui sembla presque qu'il la reprenait.

— Merci, père ! lui dit Cosette.

L'entraînement allait devenir poignant pour Jean Valjean. Il se retira doucement des bras de Cosette, et prit son chapeau.

— Eh bien ? dit Cosette.

Jean Valjean répondit :

— Je vous quitte, madame, on vous attend.

Et, du seuil de la porte, il ajouta :

— Je vous ai dit tu. Dites à votre mari que cela ne m'arrivera plus. Pardonnez-moi.

Jean Valjean sortit, laissant Cosette stupéfaite de cet adieu énigmatique.

II

AUTRES PAS EN ARRIERE

Le jour suivant, à la même heure, Jean Valjean
vint.

Cosette ne lui fit pas de questions, ne s'étonna
plus, ne s'écria plus qu'elle avait froid, ne parla
plus du salon ; elle évita de dire ni père ni monsieur
Jean. Elle se laissa dire vous. Elle se laissa appeler
madame. Seulement elle avait une certaine diminu-

tion de joie. Elle eût été triste, si la tristesse lui eût été possible.

Il est probable qu'elle avait eu avec Marius une de ces conversations dans lesquelles l'homme aimé dit ce qu'il veut, n'explique rien, et satisfait la femme aimée. La curiosité des amoureux ne va pas très-loin au delà de leur amour.

La salle basse avait fait un peu de toilette. Basque avait supprimé les bouteilles et Nicolette les araignées.

Tous les lendemains qui suivirent ramenèrent à la même heure Jean Valjean. Il vint tous les jours, n'ayant pas la force de prendre les paroles de Marius autrement qu'à la lettre. Marius s'arrangea de manière à être absent aux heures où Jean Valjean venait. La maison s'accoutuma à la nouvelle manière d'être de M. Fauchelevent. Toussaint y aida : *monsieur a toujours été comme ça,* répétait-elle. Le grand-père rendit ce décret : — C'est un original. Et tout fut dit. D'ailleurs, à quatre-vingt-dix ans il n'y a plus de liaison possible ; tout est juxtaposition ; un nouveau venu est une gêne. Il n'y a plus de place ; toutes les habitudes sont prises. M. Fauchelevent, M. Tranchelevent, le père Gillenormand

ne demanda pas mieux que d'être dispensé de « ce
monsieur ». Il ajouta : — Rien n'est plus commun
que ces originaux-là. Ils font toutes sortes de bizar-
reries. De motif point. Le marquis de Canaples était
pire. Il acheta un palais pour se loger dans le grenier.
Ce sont des apparences fantasques qu'ont les gens.

Personne n'entrevit le dessous sinistre. Qui eût
d'ailleurs pu deviner une telle chose ? Il y a de ces
marais dans l'Inde ; l'eau semble extraordinaire,
inexplicable, frissonnante sans qu'il y ait de vent ;
agitée là où elle devrait être calme. On regarde à la
superficie ces bouillonnements sans cause ; on
n'aperçoit pas l'hydre qui se traîne au fond.

Beaucoup d'hommes ont ainsi un monstre secret,
un mal qu'ils nourrissent, un dragon qui les ronge,
un désespoir qui habite leur nuit. Tel homme ressemble aux autres, va, vient. On ne sait pas qu'il
a en lui une effroyable douleur parasite aux mille
dents, laquelle vit dans ce misérable, qui en meurt.
On ne sait pas que cet homme est un gouffre. Il est
stagnant, mais profond. De temps en temps un
trouble auquel on ne comprend rien se fait à sa
surface. Une ride mystérieuse se plisse, puis s'éva-
nouit, puis reparaît ; une bulle d'air monte et crève.

C'est peu de chose, c'est terrible. C'est la respiration de la bête inconnue.

De certaines habitudes étranges, arriver à l'heure où les autres partent, s'effacer pendant que les autres s'étalent, garder dans toutes les occasions ce qu'on pourrait appeler le manteau couleur de muraille, chercher l'allée solitaire, préférer la rue déserte, ne point se mêler aux conversations, éviter les foules et les fêtes, sembler à son aise et vivre pauvrement, avoir, tout riche qu'on est, sa clef dans sa poche et sa chandelle chez le portier, entrer par la petite porte, monter par l'escalier dérobé, toutes ces singularités insignifiantes, rides, bulles d'air, plis fugitifs à la surface, viennent souvent d'un fond formidable.

Plusieurs semaines se passèrent ainsi. Une vie nouvelle s'empara peu à peu de Cosette; les relations que crée le mariage, les visites, le soin de la maison, les plaisirs, ces grandes affaires. Les plaisirs de Cosette n'étaient pas coûteux; ils consistaient en un seul : être avec Marius. Sortir avec lui, rester avec lui, c'était là la grande occupation de sa vie. C'était pour eux une joie toujours toute neuve de sortir bras dessus, bras dessous, à la face du

soleil, en pleine rue, sans se cacher, devant tout
le monde, tous les deux tout seuls. Cosette eut
une contrariété. Toussaint ne put s'accorder avec
Nicolette, le soudage de deux vieilles filles étant
impossible, et s'en alla. Le grand-père se portait
bien; Marius plaidait çà et là quelques causes; la
tante Gillenormand menait paisiblement près du
nouveau ménage cette vie latérale qui lui suffisait.
Jean Valjean venait tous les jours.

Le tutoiement disparu, le vous, le madame, le
monsieur Jean, tout cela le faisait autre pour
Cosette. Le soin qu'il avait pris lui-même de la
détacher de lui, lui réussissait. Elle était de plus
en plus gaie et de moins en moins tendre. Pourtant
elle l'aimait toujours bien, et il le sentait. Un jour
elle lui dit tout à coup : Vous étiez mon père,
vous n'êtes plus mon père, vous étiez mon oncle,
vous n'êtes plus mon oncle, vous étiez monsieur
Fauchelevent, vous êtes Jean. Qui êtes-vous donc?
je n'aime pas tout ça. Si je ne vous savais pas si
bon, j'aurais peur de vous.

Il demeurait toujours rue de l'Homme-Armé,
ne pouvant se résoudre à s'éloigner du quartier
qu'habitait Cosette.

x.   14

Dans les premiers temps il ne restait près de Cosette que quelques minutes, puis s'en allait.

Peu à peu il prit l'habitude de faire ses visites moins courtes. On eût dit qu'il profitait de l'autorisation des jours qui s'allongeaient : il arriva plus tôt et partit plus tard.

Un jour il échappa à Cosette de lui dire : Père. Un éclair de joie illumina le vieux visage sombre de Jean Valjean. Il la reprit : Dites Jean. — Ah ! c'est vrai, répondit-elle avec un éclat de rire, monsieur Jean. — C'est bien, dit-il. Et il se détourna pour qu'elle ne le vît pas essuyer ses yeux.

III

ILS SE SOUVIENNENT DU JARDIN DE LA RUE PLUMET

Ce fut la dernière fois. A partir de cette dernière lueur, l'extinction complète se fit. Plus de familiarité, plus de bonjour avec un baiser, plus jamais ce mot si profondément doux : mon père ! il était, sur sa demande et par sa propre complicité, successivement chassé de tous ses bonheurs ; et il avait cette misère qu'après avoir perdu Cosette tout entière en un jour, il lui avait fallu ensuite la reperdre en détail.

L'œil finit par s'habituer aux jours de cave. En
somme, avoir tous les jours une apparition de Cosette, cela lui suffisait. Toute sa vie se concentrait
dans cette heure-là. Il s'asseyait près d'elle, il la
regardait en silence, ou bien il lui parlait des années d'autrefois, de son enfance, du couvent, de
ses petites amies d'alors.

Une après-midi, — c'était une des premières
journées d'avril, déjà chaude, encore fraîche, le
moment de la grande gaieté du soleil, les jardins
qui environnaient les fenêtres de Marius et de
Cosette avaient l'émotion du réveil, l'aubépine
allait poindre, une bijouterie de giroflées s'éta-
lait sur les vieux murs, les gueules-de-loup roses
bâillaient dans les fentes des pierres, il y avait
dans l'herbe un charmant commencement de pâque-
rettes et de boutons-d'or, les papillons blancs de
l'année débutaient, le vent, ce ménétrier de la noce
éternelle, essayait dans les arbres les premières
notes de cette grande symphonie aurorale que les
vieux poëtes appelaient le renouveau, — Marius
dit à Cosette : — Nous avons dit que nous irions
revoir notre jardin de la rue Plumet. Allons-y. Il
ne faut pas être ingrats. — Et ils s'envolèrent

comme deux hirondelles vers le printemps. Ce jardin de la rue Plumet leur faisait l'effet de l'aube.
Ils avaient déjà derrière eux dans la vie quelque
chose qui était comme le printemps de leur amour.
La maison de la rue Plumet, étant prise à bail,
appartenait encore à Cosette. Ils allèrent à ce jardin et à cette maison. Ils s'y retrouvèrent, ils s'y
oublièrent. Le soir, à l'heure ordinaire, Jean Valjean
vint rue des Filles-du-Calvaire. — Madame est
sortie avec Monsieur, et n'est pas rentrée encore,
lui dit Basque. Il s'assit en silence et attendit une
heure. Cosette ne rentra point. Il baissa la tête et
s'en alla.

Cosette était si enivrée de sa promenade à « leur
jardin » et si joyeuse d'avoir « vécu tout un jour
dans son passé » qu'elle ne parla pas d'autre chose
le lendemain. Elle ne s'aperçut pas qu'elle n'avait
point vu Jean Valjean.

— De quelle façon êtes-vous allés là? lui demanda Jean Valjean.

— A pied.

— Et comment êtes-vous revenus ?

— En fiacre.

Depuis quelque temps Jean Valjean remarquait

la vie étroite que menait le jeune couple. Il en était importuné. L'économie de Marius était sévère, et le mot pour Jean Valjean avait son sens absolu. Il hasarda une question :

— Pourquoi n'avez-vous pas une voiture à vous ? Un joli coupé ne vous coûterait que cinq cents francs par mois. Vous êtes riches.

— Je ne sais pas, répondit Cosette.

— C'est comme Toussaint, reprit Jean Valjean. Elle est partie. Vous ne l'avez pas remplacée. Pourquoi ?

Nicolette suffit.

— Mais il vous faudrait une femme de chambre.

— Est-ce que je n'ai pas Marius ?

— Vous devriez avoir une maison à vous, des domestiques à vous, une voiture, loge au spectacle. Il n'y a rien de trop beau pour vous. Pourquoi ne pas profiter de ce que vous êtes riches ? La richesse, cela s'ajoute au bonheur.

Cosette ne répondit rien.

Les visites de Jean Valjean ne s'abrégeaient point. Loin de là. Quand c'est le cœur qui glisse, on ne s'arrête pas sur la pente.

Lorsque Jean Valjean voulait prolonger sa visite

ct faire oublier l'heure, il faisait l'éloge de Marius ;
il le trouvait beau, noble, courageux, spirituel,
éloquent, bon. Cosette enchérissait. Jean Valjean
recommençait. On ne tarissait pas. Marius, ce mot
était inépuisable ; il y avait des volumes dans ces
six lettres. De cette façon Jean Valjean parvenait à
rester longtemps. Voir Cosette, oublier près d'elle,
cela lui était si doux ! C'était le pansement de sa
plaie. Il arriva plusieurs fois que Basque vint dire
à deux reprises : Monsieur Gillenormand m'envoie
rappeler à madame la baronne que le dîner est servi.

Ces jours-là, Jean Valjean rentrait chez lui très-
pensif.

Y avait-il donc du vrai dans cette comparaison
de la chrysalide qui s'était présentée à l'esprit de
Marius ? Jean Valjean était-il en effet une chrysalide qui s'obstinerait, et qui viendrait faire des
visites à son papillon ?

Un jour il resta plus longtemps encore qu'à l'ordinaire. Le lendemain, il remarqua qu'il n'y avait
point de feu dans la cheminée. — Tiens ! pensat-
t-il. Pas de feu. — Et il se donna à lui-même
l'explication : — C'est tout simple. Nous sommes
en avril. Les froids ont cessé.

— Dieu ! qu'il fait froid ici! s'écria Cosette en entrant.

— Mais non, dit Jean Valjean.

— C'est donc vous qui avez dit à Basque de ne pas faire de feu ?

— Oui. Nous sommes en mai tout à l'heure.

— Mais on fait du feu jusqu'au mois de juin. Dans cette cave-ci, il en faut toute l'année.

— J'ai pensé que le feu était inutile.

— C'est bien là une de vos idées! reprit Cosette.

Le jour d'après, il y avait du feu. Mais les deux fauteuils étaient rangés à l'autre bout de la salle près de la porte. — Qu'est-ce que cela veut dire? pensa Jean Valjean.

Il alla chercher les fauteuils, et les remit à leur place ordinaire près de la cheminée.

Ce feu rallumé l'encouragea pourtant. Il fit durer la causerie plus longtemps encore que d'habitude. Comme il se levait pour s'en aller, Cosette lui dit :

— Mon mari m'a dit une drôle de chose hier.

— Quelle chose donc?

— Il m'a dit : Cosette, nous avons trente mille livres de rente. Vingt-sept que tu as, trois que me

fait mon grand-père. J'ai répondu : Cela fait trente.
Il a repris : Aurais-tu le courage de vivre avec
les trois mille? J'ai répondu : Oui, avec rien.
Pourvu que ce soit avec toi. Et puis j'ai demandé :
Pourquoi me dis-tu ça? Il m'a répondu : Pour
savoir.

Jean Valjean ne trouva pas une parole. Cosette
attendait probablement de lui quelque explication;
il l'écouta dans un morne silence. Il s'en retourna
rue de l'Homme-Armé; il était si profondément
absorbé qu'il se trompa de porte, et qu'au lieu de
rentrer chez lui, il entra dans la maison voisine. Ce
ne fut qu'après avoir monté presque deux étages
qu'il s'aperçut de son erreur et qu'il redescendit.

Son esprit était bourrelé de conjectures. Il était
évident que Marius avait des doutes sur l'origine
de ces six cent mille francs, qu'il craignait quelque
source non pure, qui sait? qu'il avait même peut-
être découvert que cet argent venait de lui Jean
Valjean, qu'il hésitait devant cette fortune sus-
pecte, et répugnait à la prendre comme sienne, aimant mieux rester pauvres, lui et Cosette, que
d'être riches d'une richesse trouble.

En outre, vaguement, Jean Valjean commençait à se sentir éconduit.

. Le jour suivant, il eut, en pénétrant dans la salle basse, comme une secousse. Les fauteuils avaient disparu. Il n'y avait pas même une chaise.

— Ah çà, s'écria Cosette en entrant, pas de fauteuils ! Où sont donc les fauteuils ?

— Ils n'y sont plus, répondit Jean Valjean.

— Voilà qui est fort !

Jean Valjean bégaya :

— C'est moi qui ai dit à Basque de les enlever.

— Et la raison ?

— Je ne reste que quelques minutes aujour-d'hui.

— Rester peu, ce n'est pas une raison pour rester debout.

— Je crois que Basque avait besoin des fauteuils pour le salon.

— Pourquoi ?

— Vous avez sans doute du monde ce soir.

— Nous n'avons personne.

Jean Valjean ne put dire un mot de plus.

Cosette haussa les épaules.

— Faire enlever les fauteuils ! L'autre jour vous

faites éteindre le feu. Comme vous êtes singulier !

— Adieu, murmura Jean Valjean.

Il ne dit pas : Adieu, Cosette. Mais il n'eut pas la force de dire : Adieu, madame.

Il sortit accablé.

Cette fois il avait compris.

Le lendemain il ne vint pas. Cosette ne le remarqua que le soir.

— Tiens, dit-elle, monsieur Jean n'est pas venu aujourd'hui.

Elle eut comme un léger serrement de cœur, mais elle s'en aperçut à peine, tout de suite distraite par un baiser de Marius.

Le jour d'après, il ne vint pas.

Cosette n'y prit pas garde, passa sa soirée et dormit sa nuit, comme à l'ordinaire, et n'y pensa qu'en se réveillant. Elle était si heureuse ! Elle envoya bien vite Nicolette chez monsieur Jean savoir s'il était malade, et pourquoi il n'était pas venu la veille. Nicolette rapporta la réponse de monsieur Jean. Il n'était point malade. Il était occupé. Il viendrait bientôt. Le plus tôt qu'il pourrait. Du reste, il allait faire un petit voyage. Que madame devait se souvenir que c'était son habitude de faire des voyages de temps en temps. Qu'on n'eût pas d'inquiétude. Qu'on ne songeât point à lui.

Nicolette, en entrant chez monsieur Jean, lui avait répété les propres paroles de sa maîtresse. Que madame envoyait savoir « pourquoi monsieur « Jean n'était pas venu la veille. » — Il y a deux jours que je ne suis venu, dit Jean Valjean avec douceur.

Mais l'observation glissa sur Nicolette qui n'en rapporta rien à Cosette.

IV

L'ATTRACTION ET L'EXTINCTION

Pendant les derniers mois du printemps et les premiers mois de l'été de 1833, les passants clairsemés du Marais, les marchands des boutiques, les oisifs sur le pas des portes, remarquaient un vieillard proprement vêtu de noir, qui, tous les jours, vers la même heure, à la nuit tombante, sortait de la rue de l'Homme-Armé, du côté de la rue Sainte-Croix-de-la-Bretonnerie, passait

devant les Blancs-Manteaux, gagnait la rue Culture-Sainte-Catherine, et, arrivé à la rue de
l'Écharpe, tournait à gauche, et entrait dans la
rue Saint-Louis.

Là il marchait à pas lents, la tête tendue en
avant, ne voyant rien, n'entendant rien, l'œil immuablement fixé sur un point toujours le même,
qui semblait pour lui étoilé, et qui n'était autre que
l'angle de la rue des Filles-du-Calvaire. Plus il
approchait de ce coin de rue, plus son œil s'éclairait; une sorte de joie illuminait ses prunelles
comme une aurore intérieure, il avait l'air fasciné
et attendri, ses lèvres faisaient des mouvements
obscurs, comme s'il parlait à quelqu'un qu'il ne
voyait pas, il souriait vaguement, et il avançait le
plus lentement qu'il pouvait. On eût dit que, tout
en souhaitant d'arriver, il avait peur du moment
où il serait tout près. Lorsqu'il n'y avait plus que
quelques maisons entre lui et cette rue qui paraissait l'attirer, son pas se ralentissait au point que
par instants on pouvait croire qu'il ne marchait
plus. La vacillation de sa tête et la fixité de sa
prunelle faisaient songer à l'aiguille qui cherche le
pôle. Quelque temps qu'il mît à faire durer l'arri

vée, il fallait bien arriver ; il atteignait la rue des
Filles-du-Calvaire ; alors il s'arrêtait, il tremblait,
il passait sa tête avec une sorte de timidité sombre
au delà du coin de la dernière maison, et il regardait dans cette rue, et il y avait dans ce tragique
regard quelque chose qui ressemblait à l'éblouissement de l'impossible et à la réverbération d'un
paradis fermé. Puis une larme, qui s'était peu à
peu amassée dans l'angle des paupières, devenue
assez grosse pour tomber, glissait sur sa joue, et
quelquefois s'arrêtait à sa bouche. Le vieillard en
sentait la saveur amère. Il restait ainsi quelques
minutes comme s'il eût été de pierre ; puis il s'en
retournait par le même chemin et du même pas, et,
à mesure qu'il s'éloignait, son regard s'éteignait.

Peu à peu, ce vieillard cessa d'aller jusqu'à
l'angle de la rue des Filles-du-Calvaire ; il s'arrêtait à mi-chemin dans la rue Saint-Louis ; tantôt un
peu plus loin, tantôt un peu plus près. Un jour, il
resta au coin de la rue Culture-Sainte-Catherine et
regarda la rue des Filles-du-Calvaire de loin. Puis
il hocha silencieusement la tête de droite à gauche,
comme s'il se refusait quelque chose, et rebroussa
chemin.

Bientôt il ne vint même plus jusqu'à la rue Saint-Louis. Il arrivait jusqu'à la rue Pavée, secouait le front, et s'en retournait ; puis il n'alla plus au delà de la rue des Trois-Pavillons ; puis il ne dépassa plus les Blancs-Manteaux. On eût dit un pendule qu'on ne remonte plus et dont les oscillations s'abrégent en attendant qu'elles s'arrêtent.

Tous les jours, il sortait de chez lui à la même heure, il entreprenait le même trajet, mais il ne l'achevait plus, et, peut-être sans qu'il en eût conscience, il le raccourcissait sans cesse. Tout son visage exprimait cette unique idée : A quoi bon? La prunelle était éteinte ; plus de rayonnement. La larme aussi était tarie ; elle ne s'amassait plus dans l'angle des paupières ; cet œil pensif était sec. La tête du vieillard était toujours tendue en avant ; le menton par moments remuait ; les plis de son cou maigre faisaient de la peine. Quelquefois, quand le temps était mauvais, il avait sous le bras un parapluie, qu'il n'ouvrait point. Les bonnes femmes du quartier disaient : C'est un innocent. Les enfants le suivaient en riant.

LIVRE NEUVIÈME

SUPRÊME OMBRE, SUPRÊME AURORE

I

PITIÉ POUR LES MALHEUREUX, MAIS INDULGENCE
POUR LES HEUREUX

C'est une terrible chose d'être heureux! Comme
on s'en contente! Comme on trouve que cela suffit!
Comme, étant en possession du faux but de la vie,
le bonheur, on oublie le vrai but, le devoir!

Disons-le pourtant, on aurait tort d'accuser
Marius.

Marius, nous l'avons expliqué, avant son ma-

riage, n'avait pas fait de questions à M. Fauchelevent, et, depuis, il avait craint d'en faire à Jean
Valjean. Il avait regretté la promesse à laquelle il
s'était laissé entraîner. Il s'était beaucoup dit qu'il
avait eu tort de faire cette concession au désespoir.
Il s'était borné à éloigner peu à peu Jean Valjean
de sa maison et à l'effacer le plus possible dans l'esprit de Cosette. Il s'était en quelque sorte toujours
placé entre Cosette et Jean Valjean, sûr que de cette
façon elle ne l'apercevrait pas et n'y songerait point.
C'était plus que l'effacement, c'était l'éclipse.

Marius faisait ce qu'il jugeait nécessaire et juste.
Il croyait avoir, pour écarter Jean Valjean, sans
dureté, mais sans faiblesse, des raisons sérieuses
qu'on a vues déjà et d'autres encore qu'on verra
plus tard. Le hasard lui ayant fait rencontrer, dans
un procès qu'il avait plaidé, un ancien commis de
la maison Laffitte, il avait eu, sans les chercher,
de mystérieux renseignements qu'il n'avait pu, à
la vérité, approfondir, par respect même pour ce
secret qu'il avait promis de garder, et par ména-
gement pour la situation périlleuse de Jean Valjean.
Il croyait, en ce moment-là même, avoir un grave
devoir à accomplir : la restitution des six cent mille

francs à quelqu'un qu'il cherchait le plus discrè-
tement possible. En attendant, il s'abstenait de
toucher à cet argent.

Quant à Cosette, elle n'était dans aucun de ces
secrets-là; mais il serait dur de la condamner, elle
aussi.

Il y avait de Marius à elle un magnétisme tout-
puissant, qui lui faisait faire, d'instinct et presque
machinalement, ce que Marius souhaitait. Elle sentait, du côté de « monsieur Jean, » une volonté de
Marius; elle s'y conformait. Son mari n'avait eu
rien à lui dire; elle subissait la pression vague, mais
claire. de ses intentions tacites, et obéissait aveuglément. Son obéissance ici consistait à ne pas se
souvenir de ce que Marius oubliait. Elle n'avait
aucun effort à faire pour cela. Sans qu'elle sût elle-
même pourquoi, et sans qu'il y ait à l'en accuser,
son âme était tellement devenue celle de son mari,
que ce qui se couvrait d'ombre dans la pensée de
Marius s'obscurcissait dans la sienne.

N'allons pas trop loin cependant; en ce qui concerne Jean Valjean, cet oubli et cet effacement
n'étaient que superficiels. Elle était plutôt étourdie
qu'oublieuse. Au fond, elle aimait bien celui qu'elle

avait si longtemps nommé son père. Mais elle aimait plus encore son mari. C'est ce qui avait un peu
faussé la balance de ce cœur, penché d'un seul
côté.

Il arrivait parfois que Cosette parlait de Jean
Valjean et s'étonnait. Alors Marius la calmait : Il
est absent, je crois. N'a-t-il pas dit qu'il partait
pour un voyage? — C'est vrai, pensait Cosette. Il
avait l'habitude de disparaître ainsi. Mais pas si
longtemps. Deux ou trois fois elle envoya Nicolette
s'informer rue de l'Homme-Armé si monsieur Jean
était revenu de son voyage. Jean Valjean fit répondre que non.

Cosette n'en demanda pas davantage, n'ayant
sur la terre qu'un besoin, Marius.

Disons encore que, de leur côté, Marius et Cosette avaient été absents. Ils étaient allés à Vernon.
Marius avait mené Cosette au tombeau de son père.

Marius avait peu à peu soustrait Cosette à Jean
Valjean. Cosette s'était laissé faire.

Du reste, ce qu'on appelle beaucoup trop dure-
ment, dans de certains cas, l'ingratitude des enfants, n'est pas toujours une chose aussi repro-
chable qu'on le croit. C'est l'ingratitude de la

nature. La nature, nous l'avons dit ailleurs, « regarde devant elle. » La nature divise les êtres vivants en arrivants et en partants. Les partants sont
tournés vers l'ombre, les arrivants vers la lumière.
De là un écart qui, du côté des vieux, est fatal, et,
du côté des jeunes, involontaire. Cet écart, d'abord
insensible, s'accroît lentement comme toute sépa-
ration de branches. Les rameaux, sans se détacher
du tronc, s'en éloignent. Ce n'est pas leur faute.
La jeunesse va où est la joie, aux fêtes, aux vives
clartés, aux amours. La vieillesse va à la fin. On
ne se perd pas de vue, mais il n'y a plus d'étreinte.
Les jeunes gens sentent le refroidissement de la
vie ; les vieillards celui de la tombe. N'accusons
pas ces pauvres enfants.

II

DERNIÈRES PALPITATIONS DE LA LAMPE
SANS HUILE

Un jour Jean Valjean descendit son escalier, fit
trois pas dans la rue, s'assit sur une borne, sur
cette même borne où Gavroche, dans la nuit du 5
au 6 juin, l'avait trouvé songeant ; il resta là quelques minutes, puis remonta. Ce fut la dernière os-
cillation du pendule. Le lendemain, il ne sortit pas
de chez lui. Le surlendemain, il ne sortit pas de
son lit.

Sa portière, qui lui apprêtait son maigre repas, quelques choux ou quelques pommes de terre avec un peu de lard, regarda dans l'assiette de terre brune et s'exclama :

— Mais vous n'avez pas mangé hier, pauvre cher homme!

— Si fait, répondit Jean Valjean.

— L'assiette est toute pleine.

— Regardez le pot à l'eau. Il est vide.

— Cela prouve que vous avez bu; cela ne prouve pas que vous avez mangé.

— Eh bien, fit Jean Valjean, si je n'ai eu faim que d'eau?

— Cela s'appelle la soif, et, quand on ne mange pas en même temps, cela s'appelle la fièvre.

— Je mangerai demain.

— Ou à la Trinité. Pourquoi pas aujourd'hui? Est-ce qu'on dit : Je mangerai demain! Me laisser tout mon plat sans y toucher! Mes viquelottes qui étaient si bonnes !

Jean Valjean prit la main de la vieille femme :

— Je vous promets de les manger, lui dit-il de sa voix bienveillante.

— Je ne suis pas contente de vous, répondit la portière.

Jean Valjean ne voyait guère d'autre créature humaine que cette bonne femme. Il y a dans Paris des rues où personne ne passe et des maisons où personne ne vient. Il était dans une de ces rues-là et dans une de ces maisons-là.

Du temps qu'il sortait encore, il avait acheté à un chaudronnier pour quelques sous un petit crucifix de cuivre qu'il avait accroché à un clou en face de son lit. Ce gibet-là est toujours bon à voir.

Une semaine s'écoula sans que Jean Valjean fît un pas dans sa chambre. Il demeurait toujours couché. La portière disait à son mari : — Le bonhomme de là haut ne se lève plus, il ne mange plus, il n'ira pas loin. Ça a des chagrins, ça. On ne m'ôtera pas de la tête que sa fille est mal mariée.

Le portier répliqua avec l'accent de la souveraineté maritale :

— S'il est riche, qu'il ait un médecin. S'il n'est pas riche, qu'il n'en ait pas. S'il n'a pas de médecin, il mourra.

— Et s'il en a un?

— Il mourra, dit le portier.

La portière se mit à gratter avec un vieux couteau de l'herbe qui poussait dans ce qu'elle appelait son pavé, et, tout en arrachant l'herbe, elle grommelait :

— C'est dommage. Un vieillard qui est si propre! Il est blanc comme un poulet.

Elle aperçut au bout de la rue un médecin du quartier qui passait; elle prit sur elle de le prier de monter.

— C'est au deuxième, lui dit-elle. Vous n'aurez qu'à entrer. Comme le bonhomme ne bouge plus de son lit, la clef est toujours à la porte.

Le médecin vit Jean Valjean et lui parla.

Quand il redescendit, la portière l'interpella :

— Eh bien, docteur?

— Votre malade est bien malade.

— Qu'est-ce qu'il a?

— Tout et rien. C'est un homme qui, selon toute apparence, a perdu une personne chère. On meurt de cela.

— Qu'est-ce qu'il vous a dit?

— Il m'a dit qu'il se portait bien.

— Reviendrez-vous, docteur?

— Oui, répondit le médecin. Mais il faudrait qu'un autre que moi revînt.

III

UNE PLUME PÈSE A QUI SOULEVAIT LA CHARRETTE FAUCHELEVENT

Un soir Jean Valjean eut de la peine à se soulever sur le coude ; il se prit la main et ne trouva pas son pouls ; sa respiration était courte et s'arrêtait par instants ; il reconnut qu'il était plus faible qu'il ne l'avait encore été. Alors, sans doute sous la pression de quelque préoccupation suprême, il fit un effort, se dressa sur son séant et s'habilla. Il mit son vieux vêtement d'ouvrier. Ne sortant plus,

il y était revenu, et il le préférait. Il dut s'interrompre plusieurs fois en s'habillant ; rien que pour
passer les manches de la veste, la sueur lui coulait
du front.

Depuis qu'il était seul, il avait mis son lit dans
l'antichambre, afin d'habiter le moins possible cet
appartement désert.

Il ouvrit la valise et en tira le trousseau de
Cosette.

Il l'étala sur son lit.

Les chandeliers de l'évêque étaient à leur place,
sur la cheminée. Il prit dans un tiroir deux bougies de cire et les mit dans les chandeliers. Puis,
quoiqu'il fît encore grand jour, c'était en été, il les
alluma. On voit ainsi quelquefois des flambeaux
allumés en plein jour dans les chambres où il y a
des morts.

Chaque pas qu'il faisait en allant d'un meuble à
l'autre l'exténuait, et il était obligé de s'asseoir. Ce
n'était point de la fatigue ordinaire qui dépense
la force pour la renouveler ; c'était le reste des
mouvements possibles ; c'était la vie épuisée qui
s'égoutte dans des efforts accablants qu'on ne
recommencera pas.

Une des chaises où il se laissa tomber était
placée devant le miroir, si fatal pour lui, si provi-
dentiel pour Marius, où il avait lu sur le buvard
l'écriture renversée de Cosette. Il se vit dans ce
miroir, et ne se reconnut pas. Il avait quatre-vingts
ans; avant le mariage de Marius, on lui eût à peine
donné cinquante ans; cette année avait compté
trente. Ce qu'il avait sur le front, ce n'était plus
la ride de l'âge, c'était la marque mystérieuse de
la mort. On sentait là le creusement de l'ongle impitoyable. Ses joues pendaient; la peau de son visage avait cette couleur qui ferait croire qu'il y a
déjà de la terre dessus; les deux coins de sa bouche
s'abaissaient comme dans ce masque que les anciens sculptaient sur les tombeaux; il regardait le
vide avec un air de reproche; on eût dit un de ces
grands êtres tragiques qui ont à se plaindre de
quelqu'un.

Il était dans cette situation, la dernière phase de
l'accablement, où la douleur ne coule plus; elle est
pour ainsi dire coagulée; il y a sur l'âme comme
un caillot de désespoir.

La nuit était venue. Il traîna laborieusement une
table et le vieux fauteuil près de la cheminée, et

posa sur la table une plume, de, l'encre et du papier.

Cela fait, il eut un évanouissement. Quand il reprit connaissance, il avait soif. Ne pouvant soulever le pot à l'eau, il le pencha péniblement vers sa bouche, et but une gorgée.

Puis il se tourna vers le lit, et, toujours assis, car il ne pouvait rester debout, il regarda la petite robe noire et tous ces chers objets.

Ces contemplations-là durent des heures qui semblent des minutes. Tout à coup il eut un frisson, il sentit que le froid lui venait; il s'accouda à la table que les flambeaux de l'évêque éclairaient, et prit la plume.

Comme la plume ni l'encre n'avaient servi depuis longtemps, le bec de la plume était recourbé, l'encre était desséchée, il fallut qu'il se levât et qu'il mît quelques gouttes d'eau dans l'encre, ce qu'il ne put faire sans s'arrêter et s'asseoir deux ou trois fois, et il fut forcé d'écrire avec le dos de la plume. Il s'essuyait le front de temps en temps.

Sa main tremblait. Il écrivit lentement quelques lignes que voici :

« Cosette, je te bénis. Je vais t'expliquer. Ton

« mari a eu raison de me faire comprendre que je
« devais m'en aller ; cependant il y a un peu d'er-
« reur dans ce qu'il a cru, mais il a eu raison. Il
« est excellent. Aime-le toujours bien quand je serai
« mort. Monsieur Pontmercy, aimez toujours mon
« enfant bien-aimé. Cosette, on trouvera ce papier-
« ci, voici ce que je veux te dire, tu vas voir les
« chiffres, si j'ai la force de me les rappeler, écoute
« bien, cet argent est bien à toi. Voici toute la
« chose : Le jais blanc vient de Norvége, le jais
« noir vient d'Angleterre, la verroterie noire vient
« d'Allemagne. Le jais est plus léger, plus pré-
« cieux, plus cher. On peut faire en France des
« imitations comme en Allemagne. Il faut une pe-
« tite enclume de deux pouces carrés et une lampe
« à esprit de vin pour amollir la cire. La cire autre-
« fois se faisait avec de la résine et du noir de fumée
« et coûtait quatre francs la livre. J'ai imaginé de
« la faire avec de la gomme laque et de la térében-
« thine. Elle ne coûte plus que trente sous, et elle
« est bien meilleure. Les boucles se font avec un
« verre violet qu'on colle au moyen de cette cire
« sur une petite membrure en fer noir. Le verre doit
« être violet pour les bijoux de fer et noir pour les

« bijoux d'or. L'Espagne en achète beaucoup. C'est
« le pays du jais... »

Ici il s'interrompit, la plume tomba de ses
doigts, il lui vint un de ces sanglots désespérés qui
montaient par moments des profondeurs de son
être, le pauvre homme prit sa tête dans ses deux
mains, et songea.

— Oh ! s'écriait-il au dedans de lui-même (cris
lamentables, entendus de Dieu seul), c'est fini. Je
ne la verrai plus. C'est un sourire qui a passé sur
moi. Je vais entrer dans la nuit sans même la revoir.
Oh ! une minute, un instant, entendre sa voix,
toucher sa robe, la regarder, elle, l'ange ! et puis
mourir ! Ce n'est rien de mourir, ce qui est affreux,
c'est de mourir sans la voir. Elle me sourirait, elle
me dirait un mot. Est-ce que cela ferait du mal à
quelqu'un ? Non, c'est fini, jamais. Me voilà tout
seul. Mon Dieu ! mon Dieu ! je ne la verrai plus.

En ce moment on frappa à sa porte.

IV

BOUTEILLE D'ENCRE QUI NE RÉUSSIT
QU'A BLANCHIR

Ce même jour, ou, pour mieux dire, ce même soir, comme Marius sortait de table et venait de se retirer dans son cabinet, ayant un dossier à étudier, Basque lui avait remis une lettre en disant : la personne qui a écrit la lettre est dans l'antichambre.

Cosette avait pris le bras du grand-père et faisait un tour dans le jardin.

Une lettre peut, comme un homme, avoir mauvaise tournure. Gros papier, pli grossier, rien
qu'à les voir, de certaines missives déplaisent.
La lettre qu'avait apportée Basque était de cette
espèce.

Marius la prit. Elle sentait le tabac. Rien n'éveille
un souvenir comme une odeur. Marius reconnut ce
tabac. Il regarda la suscription : *A monsieur, monsieur le baron Pommerci. En son hôtel.* Le tabac
reconnu lui fit reconnaître l'écriture. On pourrait
dire que l'étonnement a des éclairs. Marius fut
comme illuminé d'un de ces éclairs-là.

L'odorat, le mystérieux aide-mémoire, venait de
faire revivre en lui tout un monde. C'était bien là
le papier, la façon de plier, la teinte blafarde de
l'encre ; c'était bien là l'écriture connue, surtout
c'était là le tabac. Le galetas Jondrette lui apparaissait.

Ainsi, étrange coup de tête du hasard ! une des
deux pistes qu'il avait tant cherchées, celle pour
laquelle dernièrement encore il avait fait tant
d'efforts et qu'il croyait à jamais perdue, venait
d'elle-même s'offrir à lui.

Il décacheta avidement la lettre, et il lut :

« Monsieur le baron,

« Si l'Être Suprême m'en avait donné les talents,
« j'aurais pu être le baron Thénard, membre de
« l'institut (académie des ciences), mais je ne le
« suis pas. Je porte seulement le même nom que
« lui, heureux si ce souvenir me recommande à
« l'excellence de vos bontés. Le bienfait dont vous
« m'honorerez sera réciproque. Je suis en poses-
« sion d'un secret consernant un individu. Cet in-
« dividu vous conserne. Je tiens le secret à votre
« disposition désirant avoir l'honneur de vous être
« hutile. Je vous donnerai le moyen simple de
« chaser de votre honorable famille cet individu
« qui n'y a pas droit, madame la baronne étant de
« haute naissance. Le sanctuaire de la vertu ne
« pourrait coabiter plus longtemps avec le crime
« sans abdiquer.

« J'atends dans l'entichambre les ordres de mon-
« sieur le baron.

« Avec respect. »

La lettre était signée « THÉNARD. »

Cette signature n'était pas fausse. Elle était seulement un peu abrégée.

Du reste l'amphigouri et l'orthographe achevaient la révélation. Le certificat d'origine était complet. Aucun doute n'était possible.

L'émotion de Marius fut profonde. Après le mouvement de surprise, il eut un mouvement de bonheur. Qu'il trouvât maintenant l'autre homme qu'il cherchait, celui qui l'avait sauvé lui Marius, et il n'aurait plus rien à souhaiter.

Il ouvrit un tiroir de son secrétaire, y prit quelques billets de banque, les mit dans sa poche, referma le secrétaire et sonna. Basque entre-bâilla la porte.

— Faites entrer, dit Marius.

Basque annonça :

— Monsieur Thénard.

Un homme entra.

Nouvelle surprise pour Marius. L'homme qui entra lui était parfaitement inconnu.

Cet homme, vieux du reste, avait le nez gros, le menton dans la cravate, des lunettes vertes à double abat-jour de taffetas vert sur les yeux, les cheveux lissés et aplatis sur le front au ras des sourcils

comme la perruque des cochers anglais de high
life. Ses cheveux étaient gris. Il était vêtu de noir
de la tête aux pieds, d'un noir très-râpé, mais propre ; un trousseau de breloques, sortant de son
gousset, y faisait supposer une montre. Il tenait à
la main un vieux chapeau. Il marchait voûté, et la
courbure de son dos s'augmentait de la profondeur
de son salut.

Ce qui frappait au premier abord, c'est que l'habit de ce personnage, trop ample, quoique soigneu-
sement boutonné, ne semblait pas fait pour lui. Ici
une courte digression est nécessaire.

Il y avait à Paris, à cette époque, dans un vieux
logis borgne, rue Beautreillis, près de l'Arsenal,
un juif ingénieux qui avait pour profession de
changer un gredin en honnête homme. Pas pour
trop longtemps, ce qui eût pu être gênant pour le
gredin. Le changement se faisait à vue, pour un
jour ou deux, à raison de trente sous par jour, au
moyen d'un costume ressemblant le plus possible à
l'honnêteté de tout le monde. Ce loueur de costumes
s'appelait *le Changeur ;* les filous parisiens lui
avaient donné ce nom, et ne lui en connaissaient
pas d'autre. Il avait un vestiaire assez complet. Les

loques dont il affublait les gens étaient à peu près
possibles. Il avait des spécialités et des catégories;
à chaque clou de son magasin, pendait, usée et
fripée, une condition sociale ; ici l'habit de magis-
trat, là l'habit de curé, là l'habit de banquier, dans
un coin l'habit de militaire en retraite, ailleurs
l'habit d'homme de lettres, plus loin l'habit
d'homme d'État. Cet être était le costumier du
drame immense que la friponnerie joue à Paris. Son
bouge était la coulisse d'où le vol sortait et où l'es-
croquerie rentrait. Un coquin déguenillé arrivait à
ce vestiaire, déposait trente sous, et choisissait,
selon le rôle qu'il voulait jouer ce jour-là, l'habit
qui lui convenait, et, en redescendant l'escalier, le
coquin était quelqu'un. Le lendemain les nippes
étaient fidèlement rapportées, et le Changeur, qui
confiait tout aux voleurs, n'était jamais volé. Ces
vêtements avaient un inconvénient, ils « n'allaient
pas, » n'étant point faits pour ceux qui les por-
taient, ils étaient collants pour celui-ci, flottants
pour celui-là, et ne s'ajustaient à personne. Tout
filou qui dépassait la moyenne humaine en petitesse
ou en grandeur, était mal à l'aise dans les costumes
du Changeur. Il ne fallait être ni trop gras ni trop

maigre. Le Changeur n'avait prévu que les hommes
ordinaires. Il avait pris mesure à l'espèce dans
la personne du premier gueux venu, lequel n'est
ni gros, ni mince, ni grand, ni petit. De là des
adaptations quelquefois difficiles dont les pratiques
du Changeur se tiraient comme elles pouvaient.
Tant pis pour les exceptions! L'habit d'homme
d'État, par exemple, noir du haut en bas, et par
conséquent convenable, eût été trop large pour
Pitt et trop étroit pour Castelcicala. Le vêtement
d'*homme d'État* était désigné comme il suit dans le
catalogue du Changeur; nous copions : « Un habit
« de drap noir, un pantalon de cuir de laine noir,
« un gilet de soie, des bottes et du linge. » Il y
avait en marge : *Ancien ambassadeur,* et une note
que nous transcrivons également : « Dans une boîte
« séparée, une perruque proprement frisée, des lu-
« nettes vertes, des breloques, et deux petits tuyaux
« de plume d'un pouce de long enveloppés de co-
« ton. » Tout cela revenait à l'homme d'État, ancien ambassadeur. Tout ce costume était, si l'on
peut parler ainsi, exténué; les coutures blanchis-
saient, une vague boutonnière s'entr'ouvrait à l'un
des coudes; en outre, un bouton manquait à l'ha-

bit sur la poitrine; mais ce n'est qu'un détail; la main de l'homme d'État devant toujours être dans l'habit et sur le cœur, avait pour fonction de cacher le bouton absent.

Si Marius avait été familier avec les institutions occultes de Paris, il eût tout de suite reconnu, sur le dos du visiteur que Basque venait d'introduire, l'habit d'homme d'État emprunté au Décroche-moi-ça du changeur.

Le désappointement de Marius, en voyant entrer un homme autre que celui qu'il attendait, tourna en disgrâce pour le nouveau venu. Il l'examina des pieds à la tête, pendant que le personnage s'inclinait démesurément, et lui demanda d'un ton bref :

— Que voulez-vous ?

L'homme répondit avec un rictus aimable dont le sourire caressant d'un crocodile donnerait quelque idée :

— Il me semble impossible que je n'aie pas déjà eu l'honneur de voir monsieur le baron dans le monde. Je crois bien l'avoir particulièrement rencontré, il y a quelques années, chez madame la princesse Bagration et dans les salons de sa seigneurie le vicomte Dambray, pair de France.

C'est toujours une bonne tactique en coquinerie que d'avoir l'air de reconnaître quelqu'un qu'on ne connaît point.

Marius était attentif au parler de cet homme. Il épiait l'accent et le geste, mais son désappointement croissait ; c'était une prononciation nasillarde, absolument différente du son de voix aigre et sec auquel il s'attendait. Il était tout à fait dérouté.

— Je ne connais, dit-il, ni madame Bagration, ni M. Dambray. Je n'ai de ma vie mis le pied ni chez l'un ni chez l'autre.

La réponse était bourrue. Le personnage, gracieux quand même, insista.

— Alors ce sera chez Chateaubriand que j'aurai vu monsieur ! Je connais beaucoup Chateaubriand. Il est très-affable. Il me dit quelquefois : Thénard, mon ami,... est-ce que vous ne buvez pas un verre avec moi ?

Le front de Marius devint de plus en plus sévère :

— Je n'ai jamais eu l'honneur d'être reçu chez monsieur de Chateaubriand. Abrégeons. Qu'est-ce que vous voulez ?

L'homme, devant la voix plus dure, salua plus bas.

— Monsieur le baron, daignez m'écouter. Il y a en Amérique, dans un pays qui est du côté de Panama, un village appelé la Joya. Ce village se compose d'une seule maison. Une grande maison carrée de trois étages en briques cuites au soleil, chaque côté du carré long de cinq cents pieds, chaque étage en retraite de douze pieds sur l'étage inférieur de façon à laisser devant soi une terrasse qui fait le tour de l'édifice, au centre une cour intérieure où sont les provisions et les munitions, pas de fenêtres, des meurtrières, pas de porte, des échelles, des échelles pour monter du sol à la première terrasse, et de la première à la seconde, et de la seconde à la troisième, des échelles pour descendre dans la cour intérieure, pas de portes aux chambres, des trappes, pas d'escaliers aux chambres, des échelles ; le soir on ferme les trappes, on retire les échelles, on braque des tromblons et des carabines aux meurtrières ; nul moyen d'entrer ; une maison le jour, une citadelle la nuit, huit cents habitants, voilà ce village. Pourquoi tant de précaution ? c'est que ce pays est dan-

gereux ; il est plein d'anthropophages. Alors pourquoi y va-t-on? c'est que ce pays est merveilleux ;
on y trouve de l'or.

— Où voulez-vous en venir? interrompit Marius
qui du désappointement passait à l'impatience.

— A ceci, monsieur le baron. Je suis un ancien
diplomate fatigué. La vieille civilisation m'a mis
sur les dents. Je veux essayer des sauvages.

— Après?

— Monsieur le baron, l'égoïsme est la loi du
monde. La paysanne prolétaire qui travaille à la
journée se retourne quand la diligence passe, la
paysanne propriétaire qui travaille à son champ ne
se retourne pas. Le chien du pauvre aboie après le
riche, le chien du riche aboie après le pauvre.
Chacun pour soi. L'intérêt, voilà le but des
hommes. L'or, voilà l'aimant.

— Après? concluez.

— Je voudrais aller m'établir à la Joya. Nous
sommes trois. J'ai mon épouse et ma demoiselle ;
une fille qui est fort belle. Le voyage est long et
cher. Il me faut un peu d'argent.

— En quoi cela me regarde-t-il? demanda
Marius.

L'inconnu tendit le cou hors de sa cravate, geste propre au vautour, et répliqua avec un redoublement de sourire :

— Est-ce que monsieur le baron n'a pas lu ma lettre?

Cela était à peu près vrai. Le fait est que le contenu de l'épître avait glissé sur Marius. Il avait vu l'écriture plus qu'il n'avait lu la lettre. Il s'en souvenait à peine. Depuis un moment un nouvel éveil venait de lui être donné. Il avait remarqué ce détail : mon épouse et ma demoiselle. Il attachait sur l'inconnu un œil pénétrant. Un juge d'instruction n'eût pas mieux regardé. Il le guettait presque. Il se borna à lui répondre :

— Précisez.

L'inconnu inséra ses deux mains dans ses deux goussets, releva sa tête sans redresser son épine dorsale, mais en scrutant de son côté Marius avec le regard vert de ses lunettes.

— Soit, monsieur le baron. Je précise. J'ai un secret à vous vendre.

— Un secret?

— Un secret.

— Qui me concerne?

— Un peu.

— Quel est ce secret?

Marius examinait de plus en plus l'homme, tout
en l'écoutant.

— Je commence gratis, dit l'inconnu. Vous allez
voir que je suis intéressant.

— Parlez.

— Monsieur le baron, vous avez chez vous un
voleur et un assassin.

Marius tressaillit.

— Chez moi? non, dit-il.

L'inconnu, imperturbable, brossa son chapeau
du coude, et poursuivit :

— Assassin et voleur. Remarquez, monsieur le
baron, que je ne parle pas ici de faits anciens, ar-
riérés, caducs, qui peuvent être effacés par la pres-
cription devant la loi et par le repentir devant Dieu.
Je parle de faits récents, de faits actuels, de faits
encore ignorés de la justice à cette heure. Je continue. Cet homme s'est glissé dans votre confiance,
et presque dans votre famille, sous un faux nom.
Je vais vous dire son nom vrai. Et vous le dire pour
rien.

— J'écoute.

— Il s'appelle Jean Valjean.

— Je le sais.

— Je vais vous dire, également pour rien, qui il est.

— Dites.

— C'est un ancien forçat.

— Je le sais.

— Vous le savez depuis que j'ai eu l'honneur de vous le dire.

— Non. Je le savais auparavant.

Le ton froid de Marius, cette double réplique *je le sais*, son laconisme réfractaire au dialogue, remuèrent dans l'inconnu quelque colère sourde. Il décocha à la dérobée à Marius un regard furieux, tout de suite éteint. Si rapide qu'il fût, ce regard était de ceux qu'on reconnaît quand on les a vus une fois ; il n'échappa point à Marius. De certains flamboiements ne peuvent venir que de certaines âmes ; la prunelle, ce soupirail de la pensée, s'en embrase ; les lunettes ne cachent rien ; mettez donc une vitre à l'enfer.

L'inconnu reprit en souriant :

— Je ne me permets pas de démentir monsieur le baron. Dans tous les cas, vous devez voir que je suis renseigné. Maintenant ce que j'ai à vous apprendre n'est connu que de moi seul. Cela intéresse la fortune de madame la baronne. C'est un secret extraordinaire. Il est à vendre. C'est à vous que je l'offre d'abord. Bon marché. Vingt mille francs.

— Je sais ce secret-là comme je sais les autres, dit Marius.

Le personnage sentit le besoin de baisser un peu son prix :

— Monsieur le baron, mettez dix mille francs, et je parle.

— Je vous répète que vous n'avez rien à m'apprendre. Je sais ce que vous voulez me dire.

Il y eut dans l'œil de l'homme un nouvel éclair. Il s'écria :

— Il faut pourtant que je dîne aujourd'hui. C'est un secret extraordinaire, vous dis-je. Monsieur le baron, je vais parler. Je parle. Donnez-moi vingt francs.

Marius le regarda fixement :

— Je sais votre secret extraordinaire ; de même que je savais le nom de Jean Valjean, de même que je sais votre nom.

— Mon nom ?

— Oui.

— Ce n'est pas difficile, monsieur le baron. J'ai eu l'honneur de vous l'écrire et de vous le dire. Thénard.

— Dier.

— Hein?

— Thénardier.

— Qui ça?

Dans le danger, le porc-épic se hérisse, le scarabée fait le mort, la vieille garde se forme en carré ; cet homme se mit à rire.

Puis il épousseta d'une chiquenaude un grain de poussière sur la manche de son habit.

Marius continua :

— Vous êtes aussi l'ouvrier Jondrette, le comédien Fabantou, le poëte Genflot, l'espagnol don Alvarès, et la femme Balizard.

— La femme quoi?

— Et' vous avez tenu une gargote à Montfermeil.

— Une gargote! Jamais.

— Et je vous dis que vous êtes Thénardier.

— Je le nie.

— Et que vous êtes un gueux. Tenez.

Et Marius, tirant de sa poche un billet de banque, le lui jeta à la face.

— Merci ! pardon ! cinq cents francs ! monsieur le baron !

Et l'homme, bouleversé, saluant, saisissant le billet, l'examina.

— Cinq cents francs ! reprit-il, ébahi. Et il bégaya à demi-voix : Un fafiot sérieux !

Puis brusquement :

— Eh bien, soit, s'écria-t-il. Mettons-nous à notre aise.

Et, avec une prestesse de singe, rejetant ses cheveux en arrière, arrachant ses lunettes, retirant de son nez et escamotant les deux tuyaux de plume dont il a été question tout à l'heure, et qu'on a d'ailleurs déjà vus à une autre page de ce livre, il ôta son visage comme on ôte son chapeau.

L'œil s'alluma ; le front inégal, raviné, bossu par endroits, hideusement ridé en haut, se dégagea, le nez redevint aigu comme un bec ; le profil féroce et sagace de l'homme de proie reparut.

— Monsieur le baron est infaillible, dit-il d'une voix nette et d'où avait disparu tout nasillement, je suis Thénardier.

Et il redressa son dos voûté.

Thénardier, car c'était bien lui, était étrange-
ment surpris ; il eût été troublé s'il avait pu l'être.
Il était venu apporter de l'étonnement, et c'était lui
qui en recevait. Cette humiliation lui était payée
cinq cents francs, et, à tout prendre, il l'acceptait ;
mais il n'en était pas moins abasourdi.

Il voyait pour la première fois ce baron Pontmercy, et, malgré son déguisement, ce baron Pontmercy le reconnaissait, et le reconnaissait à fond.
Et non-seulement ce baron était au fait de Thénardier, mais il semblait au fait de Jean Valjean.
Qu'était-ce que ce jeune homme presque imberbe,
si glacial et si généreux, qui savait les noms des
gens, qui savait tous leurs noms, et qui leur ouvrait
sa bourse, qui malmenait les fripons comme un juge
et qui les payait comme une dupe ?

Thénardier, on se le rappelle, quoique ayant été
voisin de Marius, ne l'avait jamais vu, ce qui est
fréquent à Paris ; il avait autrefois entendu vaguement ses filles parler d'un jeune homme très-pauvre
appelé Marius qui demeurait dans la maison. Il lui
avait écrit, sans le connaître, la lettre qu'on sait.
Aucun rapprochement n'était possible dans son

esprit entre ce Marius-là et M. le baron Pontmercy.

Du reste, par sa fille Azelma, qu'il avait mise
à la piste des mariés du 16 février, et par ses
fouilles personnelles, il était parvenu à savoir beaucoup de choses, et, du fond de ses ténèbres, il
avait réussi à saisir plus d'un fil mystérieux. Il
avait, à force d'industrie, découvert, ou, tout au
moins, à force d'inductions, deviné quel était
l'homme qu'il avait rencontré un certain jour dans
le Grand Égout. De l'homme, il était facilement
arrivé au nom. Il savait que madame la baronne
Pontmercy, c'était Cosette. Mais de ce côté-là, il
comptait être discret. Qui était Cosette? Il ne le
savait pas au juste lui-même. Il entrevoyait bien
quelque bâtardise, l'histoire de Fantine lui avait
toujours semblé louche; mais à quoi bon en parler? pour se faire payer son silence? Il avait, ou
croyait avoir, à vendre mieux que cela. Et, selon
toute apparence, venir faire, sans preuve, cette
révélation au baron Pontmercy : *Votre femme est
bâtarde,* cela n'eût réussi qu'à attirer la botte du
mari vers les reins du révélateur.

Dans la pensée de Thénardier, la conversation
avec Marius n'avait pas encore commencé. Il avait

dû reculer, modifier sa stratégie, quitter une posi-
tion, changer de front ; mais rien d'essentiel n'était
encore compromis, et il avait cinq cents francs dans
sa poche. En outre, il avait quelque chose de déci-
sif à dire, et même contre ce baron Pontmercy si
bien renseigné et si bien armé, il se sentait fort.
Pour les hommes de la nature de Thénardier, tout
dialogue est un combat. Dans celui qui allait s'en-
gager, quelle était sa situation ? Il ne savait pas
à qui il parlait, mais il savait de quoi il parlait. Il
fit rapidement cette revue intérieure de ses forces,
et après avoir dit : *Je suis Thénardier*, il attendit.

Marius était resté pensif. Il tenait donc enfin
Thénardier. Cet homme qu'il avait tant désiré retrouver, était là. Il allait donc pouvoir faire honneur
à la recommandation du colonel Pontmercy. Il
était humilié que ce héros dût quelque chose à ce
bandit, et que la lettre de change tirée du fond du
tombeau par son père sur lui, Marius, fût jusqu'à
ce jour protestée. Il lui paraissait aussi, dans la
situation complexe où était son esprit vis-à-vis de
Thénardier, qu'il y avait lieu de venger le colonel
du malheur d'avoir été sauvé par un tel gredin.
Quoi qu'il en fût, il était content. Il allait donc

enfin délivrer de ce créancier indigne l'ombre du
colonel, et il lui semblait qu'il allait retirer de la
prison pour dettes la mémoire de son père.

A côté de ce devoir, il en avait un autre, éclaircir, s'il se pouvait, la source de la fortune de Cosette. L'occasion semblait se présenter. Thénardier
savait peut-être quelque chose. Il pouvait être utile
de voir le fond de cet homme. Il commença par là.

Thénardier avait fait disparaître le « fafiot sérieux » dans son gousset, et regardait Marius avec
une douceur presque tendre.

Marius rompit le silence.

— Thénardier, je vous ai dit votre nom. A présent, votre secret, ce que vous veniez m'apprendre,
voulez-vous que je vous le dise ? J'ai mes informations aussi, moi. Vous allez voir que j'en sais plus
long que vous. Jean Valjean, comme vous l'avez
dit, est un assassin et un voleur. Un voleur, parce
qu'il a volé un riche manufacturier dont il a causé
la ruine, M. Madeleine. Un assassin, parce qu'il a
assassiné l'agent de police Javert.

— Je ne comprends pas, monsieur le baron, fit
Thénardier.

— Je vais me faire comprendre. Écoutez. Il y

avait, dans un arrondissement du Pas-de-Calais,
vers 1822, un homme qui avait eu quelque ancien
démêlé avec la justice, et qui, sous le nom de
M. Madeleine, s'était relevé et réhabilité. Cet
homme était devenu dans toute la force du terme
un juste. Avec une industrie, la fabrique des verro-
teries noires, il avait fait la fortune de toute une
ville. Quant à sa fortune personnelle, il l'avait
faite aussi, mais secondairement et, en quelque
sorte, par occasion. Il était le père nourricier des
pauvres. Il fondait des hôpitaux, ouvrait des éco-
les, visitait les malades, dotait les filles, soutenait
les veuves, adoptait les orphelins; il était comme
le tuteur du pays. Il avait refusé la croix, on l'avait
nommé maire. Un forçat libéré savait le secret
d'une peine encourue autrefois par cet homme; il
le dénonça et le fit arrêter, et profita de l'arrestation pour venir à Paris et se faire remettre par le
banquier Laffitte, — je tiens le fait du caissier lui-
même, — au moyen d'une fausse signature, une
somme de plus d'un demi-million qui appartenait
à M. Madeleine. Ce forçat qui a volé M. Madeleine,
c'est Jean Valjean. Quant à l'autre fait, vous n'avez
rien non plus à m'apprendre. Jean Valjean a tué

l'agent Javert; il l'a tué d'un coup de pistolet. Moi
qui vous parle, j'étais présent.

Thénardier jeta à Marius le coup d'œil souverain
d'un homme battu qui remet la main sur la victoire
et qui vient de regagner en une minute tout le terrain qu'il avait perdu. Mais le sourire revint tout
de suite; l'inférieur vis-à-vis du supérieur doit
avoir le triomphe câlin, et Thénardier se borna
à dire à Marius :

— Monsieur le baron, nous faisons fausse route.

Et il souligna cette phrase en faisant faire à son
trousseau de breloques un moulinet expressif.

— Quoi! repartit Marius, contestez-vous cela?
Ce sont des faits.

— Ce sont des chimères. La confiance dont
monsieur le baron m'honore me fait un devoir de
le lui dire. Avant tout la vérité et la justice. Je
n'aime pas voir accuser les gens injustement. Monsieur le baron, Jean Valjean n'a point volé M. Madeleine, et Jean Valjean n'a point tué Javert.

— Voilà qui est fort! comment cela?

— Pour deux raisons.

— Lesquelles? parlez.

— Voici la première : il n'a pas volé M. Made-

leine, attendu que c'est lui-même Jean Valjean qui
est M. Madeleine.

— Que me contez-vous là?

— Et voici la seconde : il n'a pas assassiné
Javert, attendu que celui qui a tué Javert, c'est
Javert.

— Que voulez-vous dire?

— Que Javert s'est suicidé.

— Prouvez! prouvez! cria Marius hors de lui.

Thénardier reprit en scandant sa phrase à la
façon d'un alexandrin antique :

— L'agent-de-police-Ja-vert-a-été-trouvé-
no-yé-sous-un-bateau-du-pont-au-Change.

— Mais prouvez donc!

Thénardier tira de sa poche de côté une large
enveloppe de papier gris qui semblait contenir des
feuilles pliées de diverses grandeurs.

— J'ai mon dossier, dit-il avec calme.

Et il ajouta :

— Monsieur le baron, dans votre intérêt, j'ai
voulu connaître à fond Jean Valjean. Je dis que
Jean Valjean et Madeleine, c'est le même homme,
et je dis que Javert n'a eu d'autre assassin que
Javert, et quand je parle, c'est que j'ai des preuves.

Non des preuves manuscrites, l'écriture est sus-
pecte, l'écriture est complaisante, mais des preuves
imprimées.

Tout en parlant, Thénardier extrayait de l'enveloppe deux numéros de journaux jaunis, fanés et
fortement saturés de tabac. L'un de ces deux journaux, cassé à tous les plis et tombant en lambeaux
carrés, semblait beaucoup plus ancien que l'autre.

— Deux faits, deux preuves, fit Thénardier. Et
il tendit à Marius les deux journaux déployés.

Ces deux journaux, le lecteur les connaît. L'un,
le plus ancien, un numéro du *Drapeau blanc* du
25 juillet 1823, dont on a pu voir le texte à la
page 148 du tome troisième de ce livre, établissait
l'identité de M. Madeleine et de Jean Valjean.
L'autre, un *Moniteur* du 15 juin 1832, constatait
le suicide de Javert, ajoutant qu'il résultait d'un
rapport verbal de Javert au préfet que, fait prison-
nier dans la barricade de la rue de la Chanvrerie,
il avait dû la vie à la magnanimité d'un insurgé qui,
le tenant sous son pistolet, au lieu de lui brûler la
cervelle, avait tiré en l'air.

Marius lut. Il y avait évidence, date certaine,
preuve irréfragable, ces deux journaux n'avaient

pas été imprimés exprès pour appuyer les dires de Thénardier : la note publiée dans le *Moniteur* était communiquée administrativement par la préfecture de police. Marius ne pouvait douter. Les renseignements du commis-caissier étaient faux, et lui-même s'était trompé. Jean Valjean, grandi brusquement, sortait du nuage. Marius ne put retenir un cri de joie :

— Eh bien alors, ce malheureux est un admirable homme! toute cette fortune était vraiment à lui! c'est Madeleine, la providence de tout un pays! c'est Jean Valjean, le sauveur de Javert! c'est un héros! c'est un saint!

— Ce n'est pas un saint, et ce n'est pas un héros, dit Thénardier. C'est un assassin et un voleur.

Et il ajouta du ton d'un homme qui commence à se sentir quelque autorité : — Calmons-nous.

Voleur, assassin, ces mots que Marius croyait disparus et qui revenaient, tombèrent sur lui comme une douche de glace.

— Encore, dit-il.

— Toujours, fit Thénardier. Jean Valjean n'a pas volé Madeleine, mais c'est un voleur. Il n'a pas tué Javert, mais c'est un meurtrier.

— Voulez-vous parler, reprit Marius, de ce misérable vol d'il y a quarante ans, expié, cela résulte de vos journaux mêmes, par toute une vie de repentir, d'abnégation et de vertu?

— Je dis assassinat et vol, monsieur le baron. Et je répète que je parle de faits actuels. Ce que j'ai à vous révéler est absolument inconnu. C'est de l'inédit. Et peut-être y trouverez-vous la source de la fortune habilement offerte par Jean Valjean à madame la baronne. Je dis habilement, car, par une donation de ce genre, se glisser dans une honorable maison dont on partagera l'aisance, et, du même coup, cacher son crime, jouir de son vol, enfouir son nom, et se créer une famille, ce ne serait pas très-maladroit.

— Je pourrais vous interrompre ici, observa Marius, mais continuez.

— Monsieur le baron, je vais dire tout, laissant la récompense à votre générosité. Ce secret vaut de l'or massif. Vous me direz : pourquoi ne t'es-tu pas adressé à Jean Valjean? Par une raison toute simple : je sais qu'il s'est dessaisi, et dessaisi en votre faveur, et je trouve la combinaison ingénieuse; mais il n'a plus le sou, il me montrerait

ses mains vides, et, puisque j'ai besoin de quelque
argent pour mon voyage à la Joya, je vous préfère,
vous qui avez tout, à lui qui n'a rien. Je suis un
peu fatigué, permettez-moi de prendre une chaise.

Marius s'assit et lui fit signe de s'asseoir.

Thénardier s'installa sur une chaise capitonnée,
reprit les deux journaux, les replongea dans l'enveloppe, et murmura en becquetant avec son ongle
le *Drapeau blanc* : celui-ci m'a donné du mal pour
l'avoir. Cela fait, il croisa les jambes et s'étala sur
le dos, attitude propre aux gens sûrs de ce qu'ils
disent, puis entra en matière, gravement et en appuyant sur les mots :

— Monsieur le baron, le 6 juin 1832, il y a un
an environ, le jour de l'émeute, un homme était
dans le Grand Égout de Paris, du côté où l'égout
vient rejoindre la Seine, entre le pont des Invalides
et le pont d'Iéna.

Marius rapprocha brusquement sa chaise de
celle de Thénardier. Thénardier remarqua ce mouvement et continua avec la lenteur d'un orateur qui
tient son interlocuteur et qui sent la palpitation de
son adversaire sous ses paroles :

— Cet homme, forcé de se cacher, pour des rai-

sons du reste étrangères à la politique, avait pris
l'égout pour domicile et en avait une clef. C'était,
je le répète, le 6 juin; il pouvait être huit heures
du soir. L'homme entendit du bruit dans l'égout.
Très-surpris, il se blottit, et guetta. C'était un bruit
de pas, on marchait dans l'ombre, on venait de son
côté. Chose étrange, il y avait dans l'égout un autre
homme que lui. La grille de sortie de l'égout n'était
pas loin. Un peu de lumière qui en venait lui permit de reconnaître le nouveau venu et de voir que
cet homme portait quelque chose sur son dos. Il
marchait courbé. L'homme qui marchait courbé
était un ancien forçat, et ce qu'il traînait sur ses
épaules était un cadavre. Flagrant délit d'assassinat,
s'il en fut. Quant au vol, il va de soi; on ne tue pas
un homme gratis. Ce forçat allait jeter ce cadavre
à la rivière. Un fait à noter, c'est qu'avant d'arriver à la grille de sortie, ce forçat, qui venait de
loin dans l'égout, avait nécessairement rencontré
une fondrière épouvantable où il semble qu'il eût
pu laisser le cadavre, mais dès le lendemain, les
égoutiers, en travaillant à la fondrière, y auraient
retrouvé l'homme assassiné, et ce n'était pas le
compte de l'assassin. Il avait mieux aimé traverser

la fondrière, avec son fardeau, et ses efforts ont dû être effrayants, il est impossible de risquer plus complétement sa vie ; je ne comprends pas qu'il soit sorti de là vivant.

La chaise de Marius se rapprocha encore. Thénardier en profita pour respirer longuement. Il poursuivit :

— Monsieur le baron, un égout n'est pas le Champ de Mars. On y manque de tout, et même de place. Quand deux hommes sont là, il faut qu'ils se rencontrent. C'est ce qui arriva. Le domicilié et le passant furent forcés de se dire bonjour, à regret l'un et l'autre. Le passant dit au domicilié : — *Tu vois ce que j'ai sur le dos, il faut que je sorte, tu as la clef, donne-la-moi.* Ce forçat était un homme d'une force terrible. Il n'y avait pas à refuser. Pourtant celui qui avait la clef parlementa, uniquement pour gagner du temps. Il examina ce mort, mais il ne put rien voir, sinon qu'il était jeune, bien mis, l'air d'un riche, et tout défiguré par le sang. Tout en causant, il trouva moyen de déchirer et d'arracher par derrière, sans que l'assassin s'en aperçût, un morceau de l'habit de l'homme assassiné. Pièce à conviction, vous comprenez ; moyen de ressaisir

la trace des choses et de prouver le crime au criminel. Il mit la pièce à conviction dans sa poche.
Après quoi il ouvrit la grille, fit sortir l'homme avec
son embarras sur le dos, referma la grille et se
sauva, se souciant peu d'être mêlé au surplus de
l'aventure et surtout ne voulant pas être là quand
l'assassin jetterait l'assassiné à la rivière. Vous
comprenez à présent. Celui qui portait le cadavre, c'est Jean Valjean ; celui qui avait la clef
vous parle en ce moment ; et le morceau de
l'habit...

Thénardier acheva la phrase en tirant de sa
poche et en tenant, à la hauteur de ses yeux, pincé
entre ses deux pouces et ses deux index, un lambeau de drap noir déchiqueté, tout couvert de ta-
ches sombres.

Marius s'était levé, pâle, respirant à peine, l'œil
fixé sur le morceau de drap noir, et, sans prononcer
une parole, sans quitter ce haillon du regard, il reculait vers le mur et, de sa main droite étendue
derrière lui, cherchait en tâtonnant sur la muraille
une clef qui était à la serrure d'un placard près de
la cheminée. Il trouva cette clef, ouvrit le placard,
et y enfonça son bras sans y regarder, et sans que

sa prunelle effarée se détachât du chiffon que Thénardier tenait déployé.

Cependant Thénardier continuait :

— Monsieur le baron, j'ai les plus fortes raisons
de croire que le jeune homme assassiné était un
opulent étranger attiré par Jean Valjean dans un
piége et porteur d'une somme énorme.

— Le jeune homme était moi, et voici l'habit !
cria Marius, et il jeta sur le parquet un vieil habit
noir tout sanglant.

Puis, arrachant le morceau des mains de Thénardier, il s'accroupit sur l'habit, et rapprocha du
pan déchiqueté le morceau déchiré. La déchirure
s'adaptait exactement, et le lambeau complétait
l'habit.

Thénardier était pétrifié. Il pensa ceci : Je suis
épaté.

Marius se redressa frémissant, désespéré, rayonnant.

Il fouilla dans sa poche, et marcha, furieux, vers
Thénardier, lui présentant et lui appuyant presque
sur le visage son poing rempli de billets de cinq
cents francs et de mille francs.

— Vous êtes un infâme ! vous êtes un menteur,

un calomniateur, un scélérat. Vous veniez accuser
cet homme, vous l'avez justifié ; vous vouliez le
perdre, vous n'avez réussi qu'à le glorifier. Et c'est
vous qui êtes un voleur ! Et c'est vous qui êtes un
assassin ! Je vous ai vu, Thénardier, Jondrette,
dans ce bouge du boulevard de l'Hôpital. J'en sais
assez sur vous pour vous envoyer au bagne, et plus
loin même, si je voulais. Tenez, voilà mille francs,
sacripant que vous êtes !

Et il jeta un billet de mille francs à Thénardier.

— Ah ! Jondrette Thénardier, vil coquin ! Que
ceci vous serve de leçon, brocanteur de secrets,
marchand de mystères, fouilleur de ténèbres, misérable ! Prenez ces cinq cents francs, et sortez
d'ici ! Waterloo vous protège.

— Waterloo ! grommela Thénardier, en empo-
chant les cinq cents francs avec les mille francs.

— Oui, assassin ! vous y avez sauvé la vie à un
colonel...

— A un général, dit Thénardier, en relevant la
tête.

— A un colonel ! reprit Marius avec emporte-
ment. Je ne donnerais pas un liard pour un général. Et vous veniez ici faire des infamies ! Je vous

dis que vous avez commis tous les crimes. Partez !
disparaissez ! Soyez heureux seulement, c'est tout
ce que je désire. Ah ! monstre ! Voilà encore trois
mille francs. Prenez-les. Vous partirez dès demain,
pour l'Amérique, avec votre fille ; car votre femme
est morte, abominable menteur. Je veillerai à votre
départ, bandit, et je vous compterai à ce moment-
là vingt mille francs. Allez vous faire pendre
ailleurs !

— Monsieur le baron, répondit Thénardier en
saluant jusqu'à terre, reconnaissance éternelle.

Et Thénardier sortit, n'y concevant rien, stupéfait et ravi de ce doux écrasement sous des sacs
d'or et de cette foudre éclatant sur sa tête en billets de banque.

Foudroyé, il l'était, mais content aussi ; et il eût
été très-fâché d'avoir un paratonnerre contre cette
foudre-là.

Finissons-en tout de suite avec cet homme. Deux
jours après les événements que nous racontons en
ce moment, il partit, par les soins de Marius, pour
l'Amérique, sous un faux nom, avec sa fille Azelma,
muni d'une traite de vingt mille francs sur New-
York. La misère morale de Thénardier, le bourgeois

manqué, était irrémédiable ; il fut en Amérique ce
qu'il était en Europe. Le contact d'un méchant
homme suffit quelquefois pour pourrir une bonne
action et pour en faire sortir une chose mauvaise.
Avec l'argent de Marius, Thénardier se fit négrier.

Dès que Thénardier fut dehors, Marius courut
au jardin où Cosette se promenait encore :

— Cosette ! Cosette ! cria-t-il. Viens ! viens vite.
Partons. Basque, un fiacre ! Cosette, viens. Ah !
mon Dieu ! C'est lui qui m'avait sauvé la vie ! Ne
perdons pas une minute ! Mets ton châle.

Cosette le crut fou, et obéit.

Il ne respirait pas, il mettait la main sur son
cœur pour en comprimer les battements. Il allait et
venait à grands pas, il embrassait Cosette : — Ah !
Cosette ! je suis un malheureux ! disait-il.

Marius était éperdu. Il commençait à entrevoir
dans ce Jean Valjean on ne sait quelle haute et
sombre figure. Une vertu inouïe lui apparaissait,
suprême et douce, humble dans son immensité. Le
forçat se transfigurait en Christ. Marius avait l'é-
blouissement de ce prodige. Il ne savait pas au
juste ce qu'il voyait, mais c'était grand.

En un instant, un fiacre fut devant la porte.

Marius y fit monter Cosette et s'y élança.

— Cocher, dit-il, rue de l'Homme-Armé, numéro 7.

Le fiacre partit.

— Ah! quel bonheur! fit Cosette, rue de
l'Homme-Armé. Je n'osais plus t'en parler. Nous
allons voir monsieur Jean.

— Ton père! Cosette, ton père plus que jamais.
Cosette, je devine. Tu m'as dit que tu n'avais
jamais reçu la lettre que je t'avais envoyée par
Gavroche. Elle sera tombée dans ses mains. Cosette, il est allé à la barricade pour me sauver.
Comme c'est son besoin d'être un ange, en passant, il en a sauvé d'autres; il a sauvé Javert. Il
m'a tiré de ce gouffre pour me donner à toi. Il m'a
porté sur son dos dans cet effroyable égout. Ah! je
suis un monstrueux ingrat. Cosette, après avoir été
ta providence, il a été la mienne. Figure-toi qu'il
y avait une fondrière épouvantable, à s'y noyer
cent fois, à se noyer dans la boue, Cosette! il me
l'a fait traverser. J'étais évanoui; je ne voyais rien,
je n'entendais rien, je ne pouvais rien savoir de
ma propre aventure. Nous allons le ramener, le
prendre avec nous, qu'il le veuille ou non, il ne

nous quittera plus. Pourvu qu'il soit chez lui!
Pourvu que nous le trouvions! Je passerai le reste
de ma vie à le vénérer. Oui, ce doit être cela,
vois-tu, Cosette? C'est à lui que Gavroche aura
remis ma lettre. Tout s'explique. Tu comprends.

Cosette ne comprenait pas un mot.

— Tu as raison, lui dit-elle.

Cependant le fiacre roulait.

V

NUIT DERRIÈRE LAQUELLE IL Y A LE JOUR

Au coup qu'il entendit frapper à sa porte, Jean
Valjean se retourna.

— Entrez, dit-il faiblement.

La porte s'ouvrit. Cosette et Marius parurent.

Cosette se précipita dans la chambre.

Marius resta sur le seuil, debout, appuyé contre
le montant de la porte.

— Cosette! dit Jean Valjean, et il se dressa

sur sa chaise, les bras ouverts et tremblants, hagard, livide, sinistre, une joie immense dans les yeux.

Cosette, suffoquée d'émotion, tomba sur la poitrine de Jean Valjean.

— Père! dit-elle.

Jean Valjean, bouleversé, bégayait :

— Cosette! elle! vous, madame! c'est toi! Ah mon Dieu !

Et, serré dans les bras de Cosette, il s'écria :

— C'est toi! tu es là! Tu me pardonnes donc!

Marius, baissant les paupières pour empêcher ses larmes de couler, fit un pas et murmura entre ses lèvres contractées convulsivement pour arrêter les sanglots :

— Mon père !

— Et vous aussi, vous me pardonnez! dit Jean Valjean.

Marius ne put trouver une parole, et Jean Valjean ajouta : — Merci.

Cosette arracha son châle et jeta son chapeau sur le lit.

— Cela me gêne, dit-elle.

Et, s'asseyant sur les genoux du vieillard, elle

écarta ses cheveux blancs d'un mouvement adorable, et lui baisa le front.

Jean Valjean se laissait faire, égaré.

Cosette, qui ne comprenait que très-confusé-
ment, redoublait ses caresses, comme si elle voulait payer la dette de Marius.

Jean Valjean balbutiait :

— Comme on est bête! Je croyais que je ne la
verrais plus. Figurez-vous, monsieur Pontmercy,
qu'au moment où vous êtes entré, je me disais :
C'est fini. Voilà sa petite robe, je suis un misérable
homme, je ne verrai plus Cosette, je disais cela au
moment même où vous montiez l'escalier. Étais-je
idiot! Voilà comme on est idiot! Mais on compte
sans le bon Dieu. Le bon Dieu dit : Tu t'imagines
qu'on va t'abandonner, bêta! Non. Non, ça ne se
passera pas comme ça. Allons, il y a là un pauvre
bonhomme qui a besoin d'un ange. Et l'ange vient;
et l'on revoit sa Cosette! et l'on revoit sa petite
Cosette! Ah! j'étais bien malheureux.

Il fut un moment sans pouvoir parler, puis il
poursuivit :

— J'avais vraiment besoin de voir Cosette une
petite fois de temps en temps. Un cœur, cela veut

un os à ronger. Cependant je sentais bien que j'étais de trop. Je me donnais des raisons : Ils n'ont pas besoin de toi, reste dans ton coin, on n'a pas le droit de s'éterniser. Ah! Dieu béni, je la revois! Sais-tu, Cosette, que ton mari est très-beau? Ah! tu as un joli col brodé, à la bonne heure. J'aime ce dessin-là. C'est ton mari qui l'a choisi, n'est-ce pas? Et puis, il te faudra des cachemires. Monsieur Pontmercy, laissez-moi la tutoyer. Ce n'est pas pour longtemps.

Et Cosette reprenait :

— Quelle méchanceté de nous avoir laissés comme cela! Où êtes-vous donc allé? pourquoi avez-vous été si longtemps? Autrefois vos voyages ne duraient pas plus de trois ou quatre jours. J'ai envoyé Nicolette, on répondait toujours : Il est absent. Depuis quand êtes-vous revenu? Pourquoi ne pas nous l'avoir fait savoir? Savez-vous que vous êtes très-changé? Ah! le vilain père! il a été malade et nous ne l'avons pas su! Tiens, Marius, tâte sa main comme elle est froide!

— Ainsi vous voilà! Monsieur Pontmercy, vous me pardonnez! répéta Jean Valjean.

A ce mot, que Jean Valjean venait de redire, tout

ce qui se gonflait dans le cœur de Marius trouva
une issue, il éclata :

— Cosette, entends-tu? il en est là! il me demande pardon. Et sais-tu ce qu'il m'a fait, Cosette?
il m'a sauvé la vie. Il a fait plus. Il t'a donnée à
moi. Et, après m'avoir sauvé, et après t'avoir
donnée à moi, Cosette, qu'a-t-il fait de lui-même?
il s'est sacrifié. Voilà l'homme. Et, à moi l'ingrat,
à moi l'oublieux, à moi l'impitoyable, à moi le coupable, il me dit : Merci! Cosette, toute ma vie
passée aux pieds de cet homme, ce sera trop peu.
Cette barricade, cet égout, cette fournaise, ce cloaque, il a tout traversé pour moi, pour toi, Cosette!
Il m'a emporté à travers toutes les morts qu'il
écartait de moi et qu'il acceptait pour lui.
Tous les courages, toutes les vertus, tous les
héroïsmes, toutes les saintetés, il les a, Cosette, cet
homme-là, c'est l'ange!

— Chut! chut! dit tout bas Jean Valjean. Pourquoi dire tout cela?

— Mais vous! s'écria Marius avec une colère où
il y avait de la vénération, pourquoi ne l'avez-vous
pas dit? C'est votre faute aussi. Vous sauvez la vie
aux gens, et vous le leur cachez! Vous faites plus,

sous prétexte de vous démasquer, vous vous calomniez. C'est affreux.

— J'ai dit la vérité, répondit Jean Valjean.

— Non, reprit Marius, la vérité, c'est toute la vérité ; et vous ne l'avez pas dite. Vous étiez monsieur Madeleine, pourquoi ne pas l'avoir dit? Vous aviez sauvé Javert, pourquoi ne pas l'avoir dit? Je vous devais la vie, pourquoi ne pas l'avoir dit?

— Parce que je pensais comme vous. Je trouvais que vous aviez raison. Il fallait que je m'en allasse. Si vous aviez su cette affaire de l'égout, vous m'auriez fait rester près de vous. Je devais donc me taire. Si j'avais parlé, cela aurait tout gêné.

— Gêné quoi? gêné qui? repartit Marius. Est-ce que vous croyez que vous allez rester ici? Nous vous emmenons. Ah! mon Dieu! quand je pense que c'est par hasard que j'ai appris tout cela! Nous vous emmenons. Vous faites partie de nous-mêmes. Vous êtes son père et le mien. Vous ne passerez pas dans cette affreuse maison un jour de plus. Ne vous figurez pas que vous serez demain ici.

— Demain, dit Jean Valjean, je ne serai pas ici, mais je ne serai pas chez vous.

— Que voulez-vous dire? répliqua Marius. Ah

çà, nous ne permettons plus de voyage. Vous ne
nous quitterez plus. Vous nous appartenez. Nous
ne vous lâchons pas.

— Cette fois-ci, c'est pour de bon, ajouta
Cosette. Nous avons une voiture en bas. Je vous
enlève. S'il le faut, j'emploierai la force.

Et, riant, elle fit le geste de soulever le vieillard
dans ses bras.

— Il y a toujours votre chambre dans notre
maison, poursuivit-elle. Si vous saviez comme le
jardin est joli dans ce moment-ci! Les azalées y
viennent très-bien. Les allées sont sablées avec du
sable de rivière : il y a de petits coquillages violets.
Vous mangerez de mes fraises. C'est moi qui les
arrose. Et plus de madame, et plus de monsieur
Jean, nous sommes en république, tout le monde
se dit *tu*, n'est-ce pas, Marius? Le programme est
changé. Si vous saviez, père, j'ai eu un chagrin, il
y avait un rouge-gorge qui avait fait son nid dans
un trou du mur, un horrible chat me l'a mangé.
Mon pauvre joli petit rouge-gorge qui mettait sa
tête à sa fenêtre et qui me regardait! J'en ai pleuré.
J'aurais tué le chat! Mais maintenant personne ne
pleure plus. Tout le monde rit, tout le monde est

heureux. Vous allez venir avec nous. Comme le grand-père va être content! Vous aurez votre carré dans le jardin, vous le cultiverez, et nous verrons si vos fraises sont aussi belles que les miennes. Et puis, je ferai tout ce que vous voudrez, et puis, vous m'obéirez bien.

Jean Valjean l'écoutait sans l'entendre. Il entendait la musique de sa voix plutôt que le sens de ses paroles; une de ces grosses larmes qui sont les sombres perles de l'âme, germait lentement dans son œil. Il murmura :

— La preuve que Dieu est bon, c'est que la voilà.

— Mon père! dit Cosette.

Jean Valjean continua :

— C'est bien vrai que ce serait charmant de vivre ensemble. Ils ont des oiseaux plein leurs arbres. Je me promènerais avec Cosette. Être des gens qui vivent, qui se disent bonjour, qui s'appellent dans le jardin, c'est doux. On se voit dès le matin. Nous cultiverions chacun un petit coin. Elle me ferait manger ses fraises, je lui ferais cueillir mes roses. Ce serait charmant. Seulement...

Il s'interrompit et dit doucement :

— C'est dommage.

La larme ne tomba pas, elle rentra, et Jean Valjean la remplaça par un sourire.

Cosette prit les deux mains du vieillard dans les siennes.

— Mon Dieu! dit-elle, vos mains sont encore plus froides. Est-ce que vous êtes malade? Est-ce que vous souffrez?

— Moi? non, répondit Jean Valjean, je suis très-bien. Seulement...

Il s'arrêta.

— Seulement quoi?

— Je vais mourir tout à l'heure.

Cosette et Marius frissonnèrent.

— Mourir! s'écria Marius.

— Oui, mais ce n'est rien, dit Jean Valjean.

Il respira, sourit et reprit :

— Cosette, tu me parlais, continue, parle encore, ton petit rouge-gorge est donc mort, parle, que j'entende ta voix!

Marius pétrifié regardait le vieillard.

Cosette poussa un cri déchirant :

— Père! mon père! vous vivrez. Vous allez vivre. Je veux que vous viviez, entendez-vous!

Jean Valjean leva la tête vers elle avec adoration.

— Oh oui, défends-moi de mourir. Qui sait? J'obéirai peut-être. J'étais en train de mourir quand vous êtes arrivés. Cela m'a arrêté, il m'a semblé que je renaissais.

— Vous êtes plein de force et de vie, s'écria Marius. Est-ce que vous vous imaginez qu'on meurt comme cela? Vous avez eu du chagrin, vous n'en aurez plus. C'est moi qui vous demande pardon, et à genoux encore! Vous allez vivre, et vivre avec nous, et vivre longtemps. Nous vous reprenons. Nous sommes deux ici qui n'aurons désormais qu'une pensée, votre bonheur!

— Vous voyez bien, reprit Cosette tout en larmes, que Marius dit que vous ne mourrez pas.

Jean Valjean continuait de sourire.

— Quand vous me reprendriez, monsieur Pontmercy, cela ferait-il que je ne sois pas ce que je suis? Non, Dieu a pensé comme vous et moi, et il ne change pas d'avis; il est utile que je m'en aille. La mort est un bon arrangement. Dieu sait mieux que nous ce qu'il nous faut. Que vous soyez heureux, que monsieur Pontmercy ait Cosette, que la jeunesse épouse le matin, qu'il y ait autour de vous, mes enfants, des lilas et des rossignols, que votre

vie soit une belle pelouse avec du soleil, que tous
les enchantements du ciel vous remplissent l'âme,
et maintenant, moi qui ne suis bon à rien, que je
meure ; il est sûr que tout cela est bien. Voyez-
vous, soyons raisonnables, il n'y a plus rien de
possible maintenant, je sens tout à fait que c'est
fini. Il y a une heure, j'ai eu un évanouissement.
Et puis, cette nuit, j'ai bu tout ce pot d'eau qui est
là. Comme ton mari est bon, Cosette ! Tu es bien
mieux qu'avec moi.

Un bruit se fit à la porte. C'était le médecin qui
entrait.

— Bonjour et adieu, docteur, dit Jean Valjean.
Voici mes pauvres enfants.

Marius s'approcha du médecin. Il lui adressa ce
seul mot : monsieur?... mais dans la manière de le
prononcer, il y avait une question complète.

Le médecin répondit à la question par un coup
d'œil expressif.

— Parce que les choses déplaisent, dit Jean Valjean, ce n'est pas une raison pour être injuste
envers Dieu.

Il y eut un silence. Toutes les poitrines étaient
oppressées.

Jean Valjean se tourna vers Cosette. Il se mit à
la contempler comme s'il voulait en prendre pour
l'éternité. A la profondeur d'ombre où il était déjà
descendu, l'extase lui était encore possible en regardant Cosette. La réverbération de ce doux
visage illuminait sa face pâle. Le sépulcre peut
avoir son éblouissement.

Le médecin lui tâta le pouls.

— Ah ! c'est vous qu'il lui fallait ! murmura-t-il
en regardant Cosette et Marius.

Et, se penchant à l'oreille de Marius, il ajouta
très-bas :

— Trop tard.

Jean Valjean, presque sans cesser de regarder
Cosette, considéra Marius et le médecin avec sérénité. On entendit sortir de sa bouche cette parole
à peine articulée :

— Ce n'est rien de mourir ; c'est affreux de ne
pas vivre.

Tout à coup il se leva. Ces retours de force sont
quelquefois un signe même de l'agonie. Il marcha
d'un pas ferme à la muraille, écarta Marius et le
médecin qui voulaient l'aider, détacha du mur le
petit crucifix de cuivre qui y était suspendu, revint

s'asseoir avec toute la liberté de mouvement de la
pleine santé, et dit d'une voix haute en posant le
crucifix sur la table :

— Voilà le grand martyr.

Puis sa poitrine s'affaissa, sa tête eut une vacillation, comme si l'ivresse de la tombe le prenait,
et ses deux mains, posées sur ses genoux, se mirent
à creuser de l'ongle l'étoffe de son pantalon.

Cosette lui soutenait les épaules, et sanglotait,
et tâchait de lui parler sans pouvoir y parvenir. On
distinguait, parmi les mots mêlés à cette salive
lugubre qui accompagne les larmes, des paroles
comme celles-ci : — Père ! ne nous quittez pas.
Est-il possible que nous ne vous retrouvions que
pour vous perdre?

On pourrait dire que l'agonie serpente. Elle va,
vient, s'avance vers le sépulcre, et se retourne vers
la vie. Il y a du tâtonnement dans l'action de
mourir.

Jean Valjean, après cette demi-syncope, se raf-
fermit, secoua son front comme pour en faire tomber les ténèbres, et redevint presque pleinement
lucide. Il prit un pan de la manche de Cosette et
le baisa.

— Il revient! docteur, il revient! cria Marius.

— Vous êtes bons tous les deux, dit Jean Valjean. Je vais vous dire ce qui m'a fait de la peine. Ce qui m'a fait de la peine, monsieur Pontmercy, c'est que vous n'ayez pas voulu toucher à cet argent. Cet argent-là est bien à votre femme. Je vais vous expliquer, mes enfants, c'est même pour cela que je suis content de vous voir. Le jais noir vient d'Angleterre, le jais blanc vient de Norvége. Tout ceci est dans le papier que voilà, que vous lirez. Pour les bracelets, j'ai inventé de remplacer les coulants en tôle soudée par des coulants en tôle rapprochée. C'est plus joli, meilleur, et moins cher. Vous comprenez tout l'argent qu'on peut gagner. La fortune de Cosette est donc bien à elle. Je vous donne ces détails-là pour que vous ayez l'esprit en repos.

La portière était montée et regardait par la porte entre-bâillée. Le médecin la congédia, mais il ne put empêcher qu'avant de disparaître cette bonne femme zélée ne criât au mourant :

— Voulez-vous un prêtre ?

— J'en ai un, répondit Jean Valjean.

Et, du doigt, il sembla désigner un point au-dessus de sa tête où l'on eût dit qu'il voyait quelqu'un.

Il est probable que l'évêque en effet assistait à cette agonie.

Cosette, doucement, lui glissa un oreiller sous les reins.

Jean Valjean reprit :

— Monsieur Pontmercy, n'ayez pas de crainte, je vous en conjure. Les six cent mille francs sont bien à Cosette. J'aurais donc perdu ma vie si vous n'en jouissiez pas ! Nous étions parvenus à faire très-bien cette verroterie-là. Nous rivalisions avec ce qu'on appelle les bijoux de Berlin. Par exemple, on ne peut pas égaler le verre noir d'Allemagne. Une grosse, qui contient douze cents grains très-bien taillés, ne coûte que trois francs.

Quand un être qui nous est cher va mourir, on le regarde avec un regard qui se cramponne à lui et qui voudrait le retenir. Tous deux, muets d'angoisse, ne sachant que dire à la mort, désespérés et tremblants, étaient debout devant lui, Cosette donnant la main à Marius.

D'instant en instant, Jean Valjean déclinait. Il baissait ; il se rapprochait de l'horizon sombre. Son

souffle était devenu intermittent; un peu de râle
l'entrecoupait. Il avait de la peine à déplacer son
avant-bras, ses pieds avaient perdu tout mouvement, et en même temps que la misère des membres
et l'accablement du corps croissait, toute la majesté
de l'âme montait et se déployait sur son front. La
lumière du monde inconnu était déjà visible dans
sa prunelle.

Sa figure blêmissait, et en même temps souriait.
La vie n'était plus là, il y avait autre chose. Son
haleine tombait, son regard grandissait. C'était un
cadavre auquel on sentait des ailes.

Il fit signe à Cosette d'approcher, puis à Marius;
c'était évidemment la dernière minute de la dernière heure, et il se mit à leur parler d'une voix si
faible qu'elle semblait venir de loin, et qu'on eût
dit qu'il y avait dès à présent une muraille entre
eux et lui.

— Approche, approchez tous deux. Je vous aime
bien. Oh! c'est bon de mourir comme cela! Toi
aussi, tu m'aimes, ma Cosette. Je savais bien que tu
avais toujours de l'amitié pour ton vieux bonhomme.
Comme tu es gentille de m'avoir mis ce coussin sous
les reins! Tu me pleureras un peu, n'est-ce pas?

Pas trop. Je ne veux pas que tu aies de vrais chagrins. Il faudra vous amuser beaucoup, mes enfants. J'ai oublié de vous dire que sur les boucles
sans ardillons on gagnait encore plus que sur tout
le reste. La grosse, les douze douzaines, revenait
à dix francs, et se vendait soixante. C'était vraiment
un bon commerce. Il ne faut donc pas s'étonner
des six cent mille francs, monsieur Pontmercy.
C'est de l'argent honnête. Vous pouvez être riches
tranquillement. Il faudra avoir une voiture, de
temps en temps une loge aux théâtres, de belles
toilettes de bal, ma Cosette, et puis donner de
bons dîners à vos amis, être très-heureux. J'écri-
vais tout à l'heure à Cosette. Elle trouvera ma
lettre. C'est à elle que je lègue les deux chandeliers qui sont sur la cheminée. Ils sont en argent;
mais pour moi ils sont en or, ils sont en diamant;
ils changent les chandelles qu'on y met, en cier-
ges. Je ne sais pas si celui qui me les a donnés
est content de moi là-haut. J'ai fait ce que j'ai
pu. Mes enfants, vous n'oublierez pas que je suis
un pauvre, vous me ferez enterrer dans le premier coin de terre venu sous une pierre pour marquer l'endroit. C'est là ma volonté. Pas de nom

sur la pierre. Si Cosette veut venir un peu quelquefois, cela me fera plaisir. Vous aussi, monsieur
Pontmercy. Il faut que je vous avoue que je ne
vous ai pas toujours aimé ; je vous en demande pardon. Maintenant, elle et vous, vous n'êtes plus
qu'un pour moi. Je vous suis très-reconnaissant.
Je sens que vous rendez Cosette heureuse. Si
vous saviez, monsieur Pontmercy, ses belles joues
roses, c'était ma joie ; quand je la voyais un peu
pâle, j'étais triste. Il y a dans la commode un billet
de cinq cents francs. Je n'y ai pas touché. C'est
pour les pauvres. Cosette, vois-tu ta petite robe,
là sur le lit ? la reconnais-tu ? Il n'y a pourtant que
dix ans de cela. Comme le temps passe ! Nous
avons été bien heureux. C'est fini. Mes enfants, ne
pleurez pas, je ne vais pas très-loin, je vous verrai
de là. Vous n'aurez qu'à regarder quand il fera
nuit, vous me verrez sourire. Cosette, te rappelles-
tu Montfermeil ? Tu étais dans le bois, tu avais
bien peur ; te rappelles-tu quand j'ai pris l'anse
du seau d'eau ? C'est la première fois que j'ai touché ta pauvre petite main. Elle était si froide !
Ah ! vous aviez les mains rouges dans ce temps-là,
mademoiselle, vous les avez bien blanches main-

tenant. Et la grande poupée ! te rappelles-tu ? Tu
la nommais Catherine. Tu regrettais de ne pas
l'avoir emmenée au couvent ! Comme tu m'as fait
rire des fois, mon doux ange ! Quand il avait plu,
tu embarquais sur les ruisseaux des brins de
paille, et tu les regardais aller. Un jour, je t'ai
donné une raquette en osier, et un volant avec des
plumes jaunes, bleues, vertes. Tu l'as oublié, toi.
Tu étais si espiègle toute petite ! Tu jouais. Tu te
mettais des cerises aux oreilles. Ce sont là des
choses du passé. Les forêts où l'on a passé avec
son enfant, les arbres où l'on s'est promené, les
couvents où l'on s'est caché, les jeux, les bons
rires de l'enfance, c'est de l'ombre. Je m'étais
imaginé que tout cela m'appartenait. Voilà où était
ma bêtise. Ces Thénardier ont été méchants. Il
faut leur pardonner. Cosette, voici le moment venu
de te dire le nom de ta mère. Elle s'appelait Fantine. Retiens ce nom-là : Fantine. Mets-toi à genoux toutes les fois que tu le prononceras. Elle a
bien souffert. Et t'a bien aimée. Elle a eu en malheur tout ce que tu as en bonheur. Ce sont les par-
tages de Dieu. Il est là-haut, il nous voit tous, et
il sait ce qu'il fait au milieu de ses grandes étoiles.

Je vais donc m'en aller, mes enfants. Aimez-vous bien toujours. Il n'y a guère autre chose que cela dans le monde : s'aimer. Vous penserez quelquefois au pauvre vieux qui est mort ici. O ma Cosette! ce n'est pas ma faute, va, si je ne t'ai pas vue tous ces temps-ci, cela me fendait le cœur; j'allais jusqu'au coin de la rue, je devais faire un drôle d'effet aux gens qui me voyaient passer, j'étais comme fou, une fois je suis sorti sans chapeau. Mes enfants, voici que je ne vois plus très-clair, j'avais encore des choses à dire, mais c'est égal. Pensez un peu à moi. Vous êtes des êtres bénis. Je ne sais pas ce que j'ai, je vois de la lumière. Approchez encore. Je meurs heureux. Donnez-moi vos chères têtes bien-aimées, que je mette mes mains dessus.

Cosette et Marius tombèrent à genoux, éperdus, étouffés de larmes, chacun sur une des mains de Jean Valjean. Ces mains augustes ne remuaient plus.

Il était renversé en arrière, la lueur des deux chandeliers l'éclairait; sa face blanche regardait le ciel, il laissait Cosette et Marius couvrir ses mains de baisers; il était mort.

La nuit était sans étoiles et profondément obscure. Sans doute, dans l'ombre, quelque ange immense était debout, les ailes déployées, attendant l'âme.

VI

L'HERBE CACHE ET LA PLUIE EFFACE

Il y a, au cimetière du Père-Lachaise, aux environs de la fosse commune, loin du quartier élégant de cette ville des sépulcres, loin de tous ces tombeaux de fantaisie qui étalent en présence de l'éternité les hideuses modes de la mort, dans un angle désert, le long d'un vieux mur, sous un grand if auquel grimpent les liserons, parmi les chiendents et les mousses, une pierre. Cette pierre n'est pas plus exempte que les autres des lèpres du temps, de la moisissure, du lichen, et des fientes d'oiseaux. L'eau la verdit, l'air la noircit. Elle n'est voisine

d'aucun sentier, et l'on n'aime pas aller de ce côté-
là, parce que l'herbe est haute et qu'on a tout de
suite les pieds mouillés. Quand il y a un peu de
soleil, les lézards y viennent. Il y a, tout autour,
un frémissement de folles avoines. Au printemps,
les fauvettes chantent dans l'arbre.

Cette pierre est toute nue. On n'a songé en la
taillant qu'au nécessaire de la tombe, et l'on n'a
pris d'autre soin que de faire cette pierre assez
longue et assez étroite pour couvrir un homme.

On n'y lit aucun nom.

Seulement, voilà de cela bien des années déjà,
une main y a écrit au crayon ces quatre vers qui
sont devenus peu à peu illisibles sous la pluie et la
poussière, et qui probablement sont aujourd'hui
effacés :

> Il dort. Quoique le sort fût pour lui bien étrange,
> Il vivait. Il mourut quand il n'eut plus son ange;
> La chose simplement d'elle-même arriva,
> Comme la nuit se fait lorsque le jour s'en va.

FIN.

TABLE

TABLE

DU TOME DIXIÈME

———

CINQUIÈME PARTIE

JEAN VALJEAN

—

LIVRE CINQUIEME

LE PETIT-FILS ET LE GRAND-PÈRE

LIVRE SIXIEME

LA NUIT BLANCHE

LIVRE SEPTIÈME

LA DERNIÈRE GORGÉE DU CALICE

LIVRE HUITIÈME

LA DÉCROISSANCE CRÉPUSCULAIRE

LIVRE NEUVIÈME

SUPRÊME OMBRE, SUPRÊME AURORE

PARIS — IMPRIMERIE DE J CLAYE, RUE SAINT BENOIT, 7.

M. Victor Hugo publiera successivemen ·

POÉSIÉ

LES CHANSONS DES RUES ET DES BOIS

LA LÉGENDE DES SIÈCLES

DEUXIEME PARTIE

LA FIN DE SATAN

DIEU

DRAME

TORQUEMADA

CINQ ACTES

LES JUMEAUX

CINQ ACTES

PARIS — IMPRIMERIE DE J. CLAYE, RUE SAINT-BENOIT, 7

www.ingramcontent.com/pod-product-compliance
Lightning Source LLC
Chambersburg PA
CBHW071849020726
47502CB00003B/670